The Wave, AZ

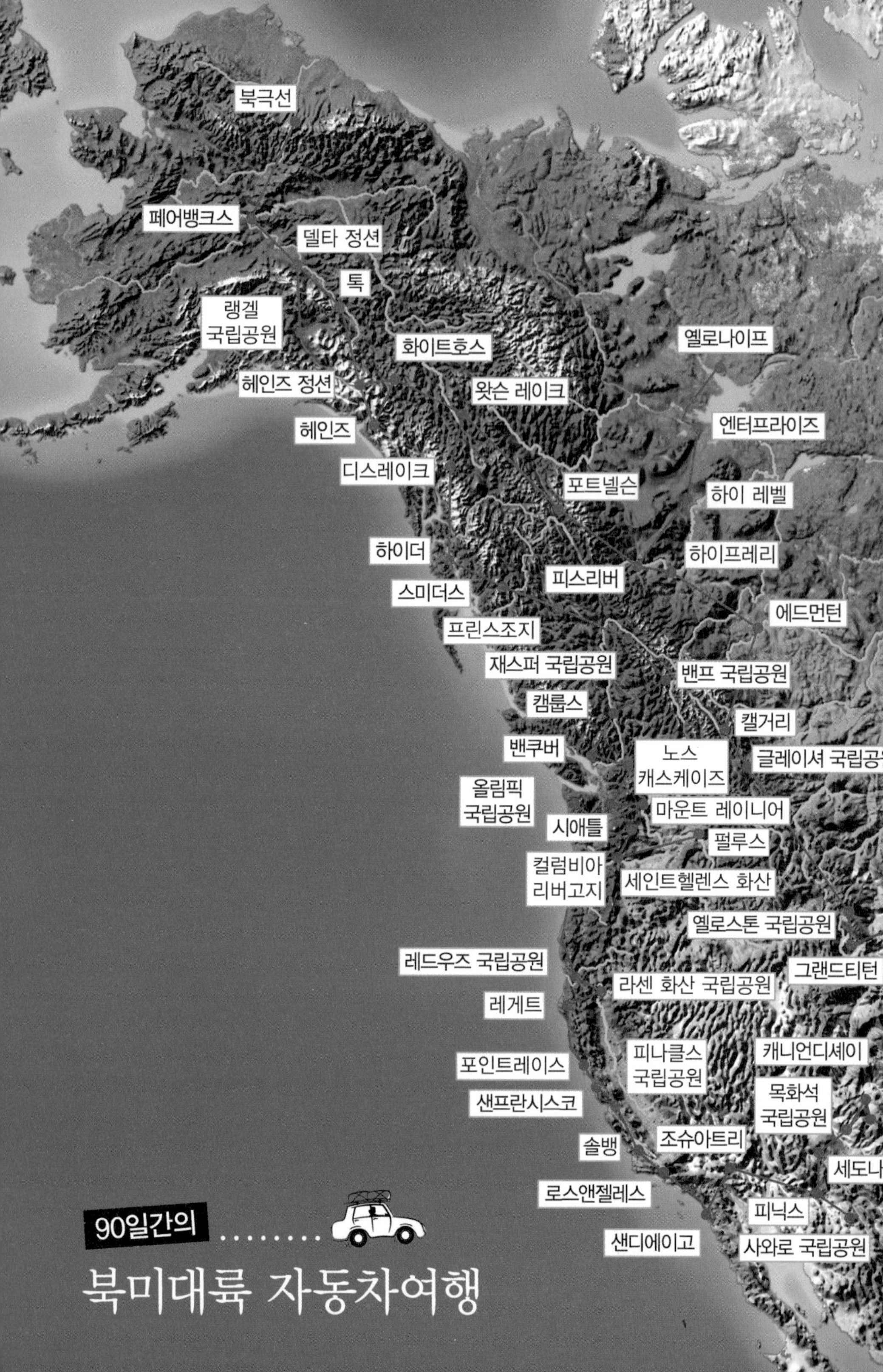

북극선
페어뱅크스
델타 정션
톡
랭겔 국립공원
헤인즈 정션
헤인즈
화이트호스
옐로나이프
왓슨 레이크
엔터프라이즈
디스레이크
포트넬슨
하이 레벨
하이더
하이프레리
피스리버
스미더스
에드먼턴
프린스조지
재스퍼 국립공원
밴프 국립공원
캠룹스
캘거리
밴쿠버
노스 캐스케이즈
글레이셔 국립공원
올림픽 국립공원
마운트 레이니어
시애틀
펄루스
컬럼비아 리버고지
세인트헬렌스 화산
옐로스톤 국립공원
레드우즈 국립공원
그랜드티턴
라센 화산 국립공원
레게트
피나클스 국립공원
캐니언디셰이
포인트레이스
목화석 국립공원
샌프란시스코
솔뱅
조슈아트리
세도나
로스앤젤레스
피닉스
샌디에이고
사와로 국립공원
90일간의
북미대륙 자동차여행

프린스 에드워드
노바 스코샤
호프웰락스
퀘벡
아카디아 국립공원
천섬
플리머스
Start!
케이프코드
토론토
뉴욕
나이아가라 폭포
필라델피아
스팸 박물관
옥수수 궁전
시카고
워싱턴 디시
윌리엄스버그
데빌스 타워
러쉬모어
아우터 뱅크스
배드랜즈 국립공원
스프링필드
머틀비치
마나티 스프링스
케네디 스페이스 센터
윈도우 락
아코마 스카이 시티
펜사콜라
칼즈배드 동굴 국립공원
휴스턴
마이애미
뉴올리언스
에버글레이즈
갤버스턴 섬
키웨스트
빅밴드 국립공원

Chandelier Tree, Leggett, CA

북극에서 남극까지

수상한 세계여행 III

수상한 세계여행 : 북극에서 남극까지

3권 – 90일 북미대륙 자동차여행

초판 1쇄 2021년 01월 01일

지은이 김명애 박형식
발행인 김재홍
디자인 이근택 김다윤
교정·교열 전재진 박순옥 김진섭
마케팅 이연실

발행처 도서출판지식공감
브랜드 문학공감
등록번호 제2019-000164호
주소 서울특별시 영등포구 경인로82길 3-4 센터플러스 1117호 (문래동1가)
전화 02-3141-2700
팩스 02-322-3089
홈페이지 www.bookdaum.com

가격 15,000원
ISBN 979-11-5622-540-9 04810
SET ISBN 979-11-5622-466-2 04810

CIP제어번호 CIP2020044429
이 도서의 국립중앙도서관 출판예정도서목록(CIP)은 서지정보유통지원시스템 홈페이지(http://seoji.nl.go.kr)와 국가자료공동목록시스템(http://www.nl.go.kr/kolisnet)에서 이용하실 수 있습니다.

문학공감은 도서출판지식공감의 인문교양 단행본 브랜드입니다.

© 김명애 박형식 2021, Printed in South Korea.

- 이 책은 저작권법에 따라 보호받는 저작물이므로 무단전재와 무단복제를 금지하며, 이 책 내용의 전부 또는 일부를 이용하려면 반드시 저작권자와 도서출판지식공감의 서면 동의를 받아야 합니다.
- 파본이나 잘못된 책은 구입처에서 교환해 드립니다.
- '지식공감 지식기부실천' 도서출판지식공감은 창립일로부터 모든 발행 도서의 2%를 '지식기부 실천'으로 조성하여 전국 중·고등학교 도서관에 기부를 실천합니다. 도서출판지식공감의 모든 발행 도서는 2%의 기부실천을 계속할 것입니다.

북극에서 남극까지

수상한 세계여행 Ⅲ

글·사진 박형식×김명애

《여행에 미친 부부》의 흔적이 고스란히 담긴 세계여행기

세상에 무엇 하나 남기지 못했다는 사실에 아쉬움을 느끼고
열정만으로 세계 곳곳에 발자국을 찍어보기로 했다

문학공감

| Prologue |

우리 이야기

2015년 10월 중순 뉴욕주 Treman 공원에서 첫눈을 맞이하고 밤늦게 돌아와, 아침에 출근해 보니, 28년 동안 일했던 가게가 활활 타오르고 있었다. 델리 지하실에서 시작된 불길이 밤새 번져, 상가 전체를 집어삼켰다. 오랜 세월 이웃이 된 주민들의 위로를 받으며, 모든 것이 한순간에 무너질 수 있음을 실감하였다.

여행자의 삶을 온전하게 살도록 인도하시는 것 같아 크게 실망되진 않았다. 마침 딸아이가 늦둥이를 낳아 그동안 제대로 해주지 못했던 산후조리를 해주며, 하루가 다르게 자라는 민수의 해맑은 모습을 즐길 수 있었다.

이 가을 끝에 이어지는 추운 겨울을 견디고 나면 새봄이 오듯, 우리의 여생을 더욱 보람있게 살자 다짐해 본다. 경제적인 불안감도 없지 않으나 빈손으로 시작한 이민 생활, 결국 맨몸으로 돌아갈 인생길에 큰 문제는 아닐 듯싶다.

2016년 9월 1일 뉴욕을 출발하여 11월 30일에 돌아오는 북미대륙 횡단 계획을 세웠다. 여행만 생각하면 가슴이 떨리는 열정 하나로, 캐나다 Nova Scotia와 알래스카 Arctic Circle, 캘리포니아 San Diego와 플로리다 Key West의 동서남북 네 코너를 돌아보았다.

지구 한 바퀴 24,974마일보다 긴 28,500마일의 자동차여행을 위해 화재보험금 2만 불로 2년 된 미니 SUV를 장만하였다. 엄마 아빠의 안전 여행을 위하여, 상규가 밤늦게까지 오디오셋을 뜯어내고 GPS를 장착해주었다.

숙박료가 만만치 않아 백수 처지에 맞는 캠핑으로, 리빙룸 한쪽에 준비물들을 쌓아가며 마음은 이미 신나게 달리고 있었다. 은퇴하면 50개 주를 돌며 한 달씩 살아보겠다는 꿈을, 90일간의 북미대륙 횡단 자동차여행으로 대신하였다.

Contents

90일간의 북미대륙횡단 ② 해안선으로 돌아본 미국

유타와 애리조나의 그랜드 서클 명소 Utah & Arizona

Emerald Lake, Yoho National Park, Canada

90일간의
북미대륙횡단 ①
N. America Cross
Country

Pilgrim Memorial State Park, MA

미국의 고향 플리머스

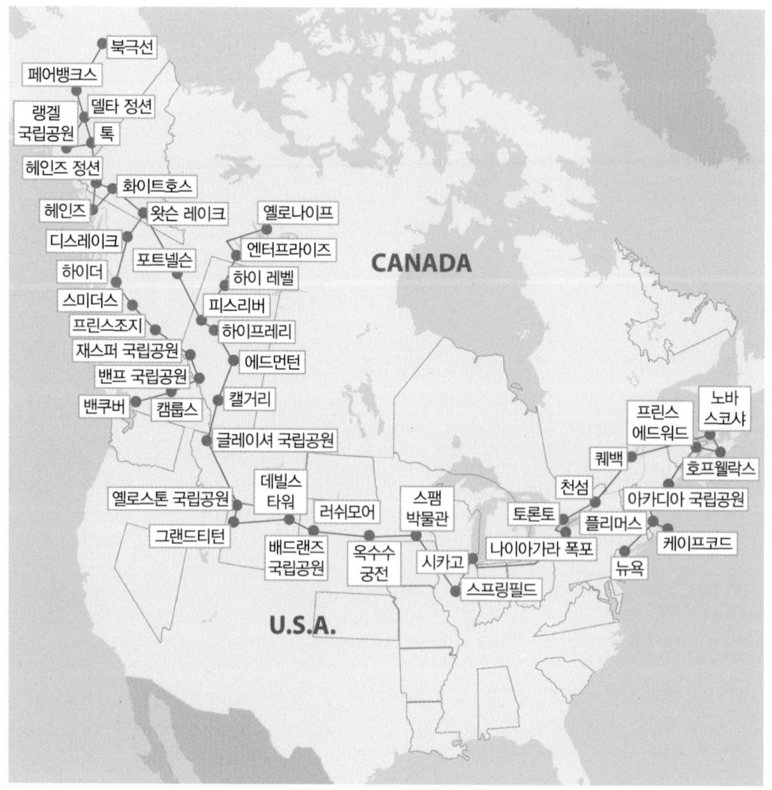

2016년 9월 1일 90일간의 북미대륙 횡단 자동차여행의 첫 번째 방문지로, Pilgrim Memorial 주립공원을 찾았다. 그곳에는 금욕주의를 주장한 영국 청교도들이, 신앙의 자유를 찾은 해를 기념하여 '1620'을 새겨놓은 Plymouth Rock이 있다.

1534년 '영국 성공회'를 국교로 삼아 수장이 된 헨리 8세의 믿음은 여전히 가톨릭 그 자체이었다. 가톨릭의 교리를 고치는 일에 소홀한 영국 교회는 프로테스탄트의 정체성을 가진 교파라기보다는 '교황 없는 천주교'의 모습이었다.

17세기에 종교개혁운동이 일어나, John Calvin 등 Protestant는 엄격한 도덕과 성수 주일, 금욕생활을 주장한다. 칼빈의 사상은 프랑스의 위그노파, 영국의 청교도가 되었고, 스코틀랜드로 건너가 장로교가 된다.

청교도Puritan란 영국과 아메리카 뉴잉글랜드에서 칼빈주의의 흐름을 이어받은 그리스도 신자들을 말한다. 1559년 엘리자베스 1세는 개신교와 가톨릭이 서로를 부정하지 않고 공존하는 통일령을 내린다. 1563년 성공회의 국내화가 강화되자, 청교도와 성공회의 대립이 심화된다.

1620년 9월에 영국의 플리머스를 떠난 청교도들은, 66일 동안 대서양을 건너 11월 21일 지금의 플리머스 해변에 도착하였다. 버지니아로 가려 했던 이들이 폭풍으로 이곳에 기항하여, 180톤짜리 Mayflower호에 머물면서 겨울을 난다.

신대륙에 도착한 102명의 'The Pilgrim Fathers'는 신앙의 자유와 청교도의 이상을 실현하기 위해, 교회와 학교를 설립한다. 경건한 생활을 이어왔던 '필그림 파더스'가 바로 오늘의 미국을 있게 한 선조들이다. 당시의 부패한 가톨릭적 요소를 제거한purge 순수함purity을 의미하는 Puritan은 '도덕적으로 엄격한 사람'을 뜻한다.

청교도를 의미하는 말은 Pilgrim과 Puritan이 있다. 대문자로 시작하는 Pilgrim은 신대륙으로 이주한 청교도를 말하고, pilgrim은 성지 순례자를 의미한다. pilgrim의 어원은 외국인을 뜻하는 라틴어 peregrinum이다. 清教徒에서 '맑다'라는 뜻의 청清자는 영어 puritan을 그대로 번역한 것이다.

혹독한 추위와 식량 부족으로 첫 해에 이들 중 반이 죽었으나, 다음 해에는 원주민들로부터 옥수수 재배법을 배워 풍작을 이루었다. 첫 수확물로 하나님께 감사예배를 드린 것이 유래가 되어, 11월 넷째 주 목요일은 추수감사절이 되었다. 언덕 위에는 초기 필그림 가족들을 돕고 조약Treaty에도 참여하였던 원주민 추장 Massasoit의 동상이 서 있다. 그의 이름으로 이곳의 주는 Massachusetts가 되었다.

미국 최초의 대학 하버드는 성직자 양성을 위해 '뉴 칼리지'라는 이름으로 1636년에 설립된다. 청교도 목사 존 하버드의 뜻을 기려, 1639년 Harvard College로 바꾼다. 존 애덤스, 루스벨트, 존 F. 케네디, 조지 W. 부시, 버락 오바마 등 8명의 대통령과 경제학상의 새뮤얼슨을 비롯하여 33명의 노벨상 수상자와 이승만 대통령, 페이스북 설립자 마크 저커버그, 지휘자 레너드 번스타인, 첼리스트 요요마 등을 배출하였다.

Mayflower 2호에 올라, 전통복장을 한 안내자들의 설명을 들으며 내부를 돌아보았다. 필그림 가족이 상륙한 다음, 이곳에서 겨울을 지낸 메이플라워호는, 한 명의 승객도 태우지 않고 영국으로 돌아간다. 2호는 1957년에 메이플라워호와 똑같이 만들어져, 영국 플리머스에서 미국 플리머스까지 항해하여, 이곳에 정박된 채 박물관으로 이용되고 있다.

Cape Cod 국립해안의 Light House에서 대서양을 바라본 후, Salt Pond에서 아름다운 풍경 속을 걸었다. 낚싯바늘처럼 생긴 케이프 코드의 끝에 있는 Pilgrim Monument와 프로빈스타운 박물관을 찾아 입장료 10불을 내고 탑 전망대에 올랐다.

이 순례자 기념탑은 메이플라워호의 상륙을 기념하여, 미국 전역에서 기증한 돌들로 1910년에 252ft 높이로 건축되었다. 돌계단을 따라 ㅁ자로 돌며 안벽에 새겨진 도시의 나이를 살펴보았다. 초기 이민자들이 사용했던 피어에는 앙상한 기둥들만 남아, 험난했던 이민 역사를 보여준다.

J F Kennedy Hyannis Museum, Cape Cod

케네디 대통령 박물관

케네디 대통령1917-1963과 어머니 Rose의 특별전시회가 열리고 있는, Cape Cod의 J F Kennedy Hyannis Museum을 방문하였다. 케네디는 30세에 하원의원, 36세에 상원의원이 되어 7년 만에 44세의 나이로 대통령이 되었다.

그는 10명의 각료 중에 동생 Robert를 법무장관으로 임명하였다. 자신이 만난 사람 중에 가장 용감한 Bobby를 주신 하나님께 감사드리며, 정치적인 어려움이 있을 때에는 바비와 같은 인물이 하나 더 있었으면 하고 술회하였다.

플로리다 키웨스트에서 90마일 떨어진 쿠바에 소련이 핵무기를 배치하려 하자, 케네디는 쿠바 해상을 봉쇄한다. 핵전쟁으로 인해 8백만여 명의 희생을 각오한 단호한 조치로, 소련이 스스로 핵무기를 철수토록 하여 3차 세계대전을 막고 미국을 지켜내었다. 그는 국가의 중대한 문제가 생기거나 정적들에게 시달림을 받을 때, 부모님이 계신 Cape Cod의 Hyannis를 찾았다. 1963년 10월 20일 아버지의 어깨를 감싸 안으며 작별인사를 한다. 헬기 이륙 직전 다시 내린 그는 아버지 이마에 키스하며 눈시울을 붉힌다. 이번이 마지막 만남이라는 것을 예감한 듯….

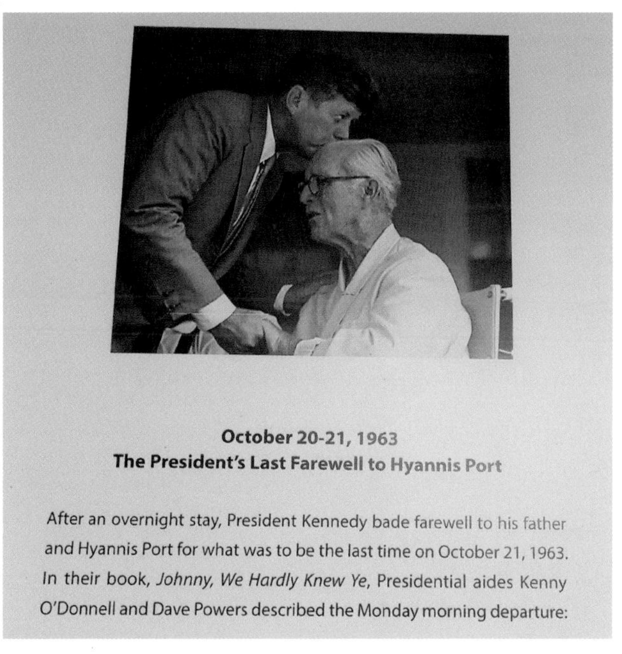

한 달 뒤, 월남전 확대에 미온적이었던 케네디 대통령은 암살당한다. 대북 송금의 비밀을 알고 있던 H상선 회장이 본인 사무실에서 뛰어내려 자살했다는 사건에 언론이 침묵했던 것처럼, 이 사건도 대통령 암살범 살해자가 또 살해되는 바람에, 배후를 밝히지 못하고 잊혀져 버린다. "국가가 당신을 위해 무엇을 해줄 수 있는지 묻기 전에, 당신이 국가를 위해 무엇을 할 수 있는지 물으십시오."라는 그의 명연설이 50여 년이 지난 오늘도 우리의 귓가에 맴돈다.

대통령의 어머니 Rose F. Kennedy 1890–1995는 보스턴 시장의 딸로 정적인 케네디가의 Joe를 사랑하여 부모의 반대에 부딪혔으나, 슬기롭게 어려움을 극복하고 결혼에 성공하였다. 9남매를 잘 양육한 로즈는, 세 아들을 상원의원으로, John을 대통령으로 만든다. 80세라는 고령의 나이에도 불구하고 막내아들의 유세장을 방문하며 활발한 정치활동을 펴, 케네디가를 당대 미국 최고의 정치 명문가로 만든다.

부모 양가가 정치가의 집안인 케네디는, 가족들의 국정농단 소지가 많은 환경에 노출되어 있었다. 마릴린 먼로와의 부적절한 관계와 그녀의 자살? 등으로 탄핵 사유가 많았으나, 언론과 국민들은 원색적으로 사생활을 밝혀 내거나 문제 삼지 않았다. 미국은 세계 최고, 최강의 나라가 될 덕목을 갖추고 있었다.

재클린과의 결혼생활, 가족들과 함께 즐기던 케이프 코드에서의 휴가 때 찍은 사진들과 그의 요트도 함께 전시되어 있다. 장례식에서 영구마차에 실려 저세상으로 가는 아버지이자 대통령에게, 거수경례를 하고 있는 세 살짜리 J F Kennedy Jr.의 동상 앞에서는, 나도 모르게 가슴이 저려왔다.

Acadia National Park, ME

아카디아 국립공원

미 동북부 캐나다 국경에서 멀지 않은 메인주의 Acadia 국립공원은, 미국에서 가장 먼저 해돋이를 볼 수 있는 곳이다. 1604년 프랑스인 Samuel Champlain이 발견하여 Mount Desert Island라 불리었던 이곳은, 파도에 침식된 화강암 절벽과 바다가 만든 8개의 돌섬으로, 매년 3백만 명이 방문한다.

Cadillac산 정상 바위에는 이끼와 균들이 점을 찍듯 신비로운 색상을 만들어, 쇠라의 작품처럼 다가왔다. 보슬비에 젖어 더욱 몽환적으로 보이는 자연석 트레일에, 함께 있는 것만으로도 행복한 젊은 연인들이 보인다. 자녀들에게 이것저것 설명해 주는 중년의 커플과 두 손을 잡고 걷는 노부부의 모습이 인생의 여러 시간대를 보여준다.

담요를 온몸에 두르고 털모자와 목도리로 무장한 사람들과 함께 대서양 수평선으로 떠오르는 태양의 기를 온몸으로 받았다. Jordan 호수로 내려와 희귀식물 보호를 위해, 통나무 널빤지로 연결해 놓은 2마일 트레일을 걸었다.

Sand Beach에는 작은 돌에 뿌리를 붙이고 있는 해초가, 끊임없이 몰려와 모래를 헤집고 있는 파도를 견디어내며 강인한 생명력을 보여준다. Thunder Hole에서는 파도가 들락거릴 때마다 천둥소리가 퍼져 나왔다.

캐딜락산 Blue Hill View Point에서 하루 종일 우리에게 무궁무진한 혜택을 주고, 수평선 너머로 사라지는 해를 향해 사람들이 큰 박수를 보낸다. 햇빛, 공기, 물 등 당연하게 누리는 것들에 대해 감사하는 사람들이 많아지는 한, 인류의 미래는 매우 희망적이라는 생각이 들었다.

Bar Harbor

바 하버, 랍스터의 천국

썰물에만 하루 두 번 길이 열리는 왕복 2마일의 Bar Island 트레일에 조약돌 반, 홍합 반이 나타났다. 물 위를 낮게 날던 갈매기가 갑자기 솟구쳐 올라 물 속으로 돌진한다. 순식간에 홍합을 따 입에 물고 공중으로 날아올라, 해안 바위에 떨어뜨려 부순 다음, 속살을 파먹는다. 평화로운 풍경 뒤로 오로지 생명의 본능만이 존재하는 치열한 삶의 현장을 NG 없이 단 한 번에 잡아내었다.

Northeast Harbor에서 Scenic Nature Cruise로 바위섬 위에 성채처럼 우뚝 솟아있는 독수리 둥지를 지나 Cranberry섬에 가까워지자, 랍스터 트랩을 실은 배들이 보인다. 발라 먹기 힘든 바닷가재는 가난한 사람들이 먹던 음식이었으나, 언제부터인가 고급 음식이 되었다.

바닷가재는 눈부터 등허리가 첫 번째 꺾이는 곳까지의 길이가 3.25인치에서부터 5인치까지만 잡을 수 있다. 수천 개의 알을 낳을 수 있는 5인치 이상 가재는 놓아주는 규정을 철저히 지켜, 세계적으로 어족 자원이 줄고 있지만, 메인주의 랍스터 잡이는 아직도 호황을 누리고 있다.

Buoy 장식들이 하나의 예술품으로 건물의 벽면을 장식하고 있는 바 하버에서 짧은 Ocean Side 트레일을 마치고, Margaret Todd 크루즈에 올랐다. 자체 동력으로 출발한 배는 포구를 나서자, 동력을 끄고 5개의 돛을 올려 바람의 힘으로 움직였다.

선원들과 함께 돛을 올리며 돛단배 항해 체험을 하였다. 국립공원 레인저가 승선하여 Frenchman Bay 생태계와 랍스터에 대해서 설명해준다. 바 하버에서 행복한 순간들을 모아 소중한 추억으로 간직하였다.

Hopewell Rocks, New Brunswick, Canada

호프웰 락스

메인주 Freeport의 Cedar Haven Family 캠핑장에 늦은 시간에 도착하였다. 텐트생활의 낭만적인 기대가 달려드는 모기떼들로 서서히 무너졌다. 캠핑만 즐길 목적이라면 좋겠지만, 하루 2시간 이상 컴퓨터로 일하는 동안 텐트 안에서의 불편한 자세가 결국 고통으로 나타났다.

에어매트리스 위에 전기담요를 깔고 침낭을 펴 덮고 자니, 마치 온돌방처럼 따끈하였다. 그러나 바람에 텐트가 펄럭이면 누가 주위에서 서성이는 것처럼 들리고, 비 오는 날이면 화장실 가는 일이, 마지막 순간까지 인내심에 도전해보는 큰 숙제가 되었다.

No Service 사이트는 10여 불로 확실히 비용이 절감되나, 수도와 전기가 필요한 우리는 2 Way Service로 40불 가까이 지불하였다. 비 오는 날은 20여 불 보태어 캐빈에 들었다. 전기, 수도, 하수구가 필요한 RV는 50불 정도 하는 3 Way Service가 필요하다.

뉴 브론스윅 Oak Bay 캠핑장에서 파도소리에 잠을 설치다가, 도망쳐 나오듯 일찍 텐트를 접어 Hopewell Rocks로 갔다. 6시간마다 20여 미터의 조수간만이 일어나, 세상에서 밀물과 썰물의 차이가 가장 큰 것으로 유명하다. 조수 시간표를 잘 이용하면 밀물과 썰물의 경관을 다 감상할 수 있다. 매표소에 들러 8불의 입장권으로 재방문 스탬프를 받아, 첫날 방문에는 물이 빠진 경관을 보고, 노바 스코샤 관광을 끝내고 다시 와서, 물이 찬 또 다른 비경을 감상하였다.

썰물에 초콜릿 색깔의 바닷가를 거닐며 기암괴석을 즐기다, 물이 차오르자 5층 높이의 계단탑으로 인도하는 레인저들의 안내에 따라 나왔다. 주차장으로 올라갈 때는 트레일에서 만난 부엉이와 숨박꼭질하며 올라왔다.

Cape Breton Highland, Nova Scotia

케이프 브레튼 국립공원, 북미의 땅끝

Nova Scotia의 Summerville 해변에 투영된 푸른 하늘을 밟아본 다음, Kejimkujik 국립해안에서 왕복 5km의 트레킹을 즐겼다. Harbour Rocks 해변가에 있는 빨간 나무의자에 앉아, 코발트 빛 바다 풍경에 빠져들었다.

케짐쿠직 국립해안에서 북쪽의 Halifax를 지나 Cape Breton섬의 Margaree Forks에 도착하였다. Cabot Trail의 하늘길을 달려, 케이프 브레튼 국립공원을 찾았다. 이 지역의 발견자 John Cabot의 이름을 따 1932년에 완공된 캐벗 트레일은, 300km의 아름다운 해안 드라이브 코스이다.

뷰포인트에 차를 멈추고, 망망대해 너머 유럽의 고향을 그리던 이민자들의 마음이 되어 보았다. 붉은 바위로 해안선 주위를 화사하게 만들고 있는 Pleasant Bay를 바라보다, 메인로드에서 30km 떨어진 이 섬의 최북단 Meat Cove로 향하였다.

마지막 8km의 비포장도로 끝에 있는 패밀리 식당에서 크램 차우더 한 볼을 사들고 바다가 보이는 땅끝 벤치에 앉았다. 따끈한 스프로 팟홀과 자갈길을 타고 넘느라 얼얼해진 몸을 달랬다.

낚싯배들이 가득한 평화로운 Bay St. Lawrence를 지나, 43km 떨어진 Green Cove에서 특이한 줄무늬의 핑크색 바위들을 감상하였다.

해안 트레일로 크루즈가 있는 시드니 포구로 접근하여, 세상에서 가장 큰 20m짜리 첼로 앞으로 걸어갔다. 화보에서 보았던 이 명물과 인증사진을 찍으며, 뉴욕에서 3,000km를 달려온 수고에 보상을 받았다.

Prince Edward Island

〈빨강 머리 앤〉의 프린스 에드워드섬

1720년 300여 명의 프랑스인이 개척하여 영국의 영토가 된 Prince Edward섬을 찾았다. 1799년 북미 영국군 사령관 에드워드의 이름으로 명명된 인구 15만여 명의 이 섬은 캐나다에서 가장 작은 주이다. 페리로 운치 있게 들어가려 했으나, 요금이 만만치 않고 시간도 너무 많이 걸려 Confederation Bridge를 이용하였다.

1997년에 개통된 13km의 멋진 다리를 10여 분 달려, 아름답게 단장된 섬으로 들어섰다. 통행료가 미화 36불로 세계에서 가장 비싼 이 다리는, 들어갈 때는 그냥 통과하고 이 섬을 나올 때 크레딧 카드로 지불한다.

Summerside 캠핑장에서 환상적인 밤에 대한 기대로, 좀 심하다 싶은 바람에도 불구하고 텐트를 쳤다. '저 멀리 달 그림자 시원한 파도 소리…….'의 통기타 노래에 푹 빠져 20대를 보냈던 추억으로, 파도 소리에 잠을 설쳐 비몽사몽으로 하루를 보냈다.

해안공원에서 아침 산책길에, 한 프랑스 사진작가가 점프 케이블을 들고와 도움을 청한다. RV에서 추운 밤을 지냈는지 매우 피곤해 보였다. 이 섬의 최북단 North Cape의 방문자 센터에 들러 재미있는 글과 사진으로 바람과 풍력발전에 대한 설명을 듣고, 서쪽으로 달렸다.

프린스 에드워드섬은 소설 〈Anne of Green Gables, 1908〉의 작가 몽고메리가 어린 시절을 보낸 곳이고, 또 그 소설의 배경이 된 곳이다. 빨간 머리에 깡마르고 주근깨투성이인 앤 셜리는, 예쁘지는 않지만 생기 넘치고 상상력이 풍부한 아가씨이다. 작가는 이 캐릭터 하나로 앤의 유년기, 중년기, 노년기를 다룬 시리즈를 평생 썼다.

앤은 육아에 충실한 어머니이지만 한 사람의 인간으로서, 자신을 갈고닦는 노력을 결코 포기하지 않는다. 길버트와도 대등한 위치에서 토론하고 대화하는 반면, 전문가로서 남편이 내린 의학적 판단을 존중한다.

1979년 일본에서 〈빨강 머리 앤〉으로 번안된 이 소설은, 애니메이션과 세계명작극장 시리즈로 방영되어, 한국과 대만 등에서 더 인기가 많았다. 일본인들의 성지가 된 이 섬의 골프장 회원권은, 모두 일본인들의 것이라는 소문이 있을 정도다.

1848년 샬롯 브론테의 〈제인 에어〉와 1879년 입센의 〈인형의 집〉을 이어 앤 셜리도 제인 에어의 정신적 후손이라고 볼 수 있다. 길버트와 결혼하여 '블라이스 부인'이 된 앤은, 시대를 헤쳐가는 여성의 모습을 보여준다.

1901년 St. John강 위에 건설된 391m의 Hartland Bridge는, 지붕이 덮여 있는 다리로는 세계에서 가장 긴 것으로, 캐나다의 역사 기념물이다. 마차가 다녔던 이 다리는 커플이 양쪽에서 들어가 중간 지점에서 만나, 서로 포옹하면 그 사랑이 영원이 지속된다는 전설을 갖고 있다. 다리 폭이 좁아 파란 신호를 보고 들어가야 한다.

Quebec주의 Riviere-du-Loup에 있는 캠핑장에 전기가 없어 RV사이트에 텐트를 쳤으나, 약간 경사가 있어 자는 동안 몸이 흘러내렸다. 간 쇠고기로 만든 홈메이드 햄버거와 스팸으로 끓인 감자국으로 식사를 해결하며 노바스코샤 여행을 마쳤다.

Quebec Winter Carnival

퀘벡 겨울축제

북미 유일의 요새도시 Quebec을 찾아 성벽으로 둘러싸여 있는 Old City를 돌아보았다. 1608년 프랑스 탐험가 샹플랭Samuel de Champlain이 건설한 퀘벡은, 인구의 90%가 프랑스계로 Little France라 불리운다.

1893년에 건설된 고전 양식의 Fairmont Le Chateau Frontenac 호텔은 제2차 세계대전 중 노르망디 상륙작전을 결정한 연합군 회의가 열렸던 곳이다. 퀘벡의 랜드마크인 이 호텔 앞에서 후니쿨라를 타거나 계단으로, 강까지 내려갈 수 있다.

퀘벡의 La Fresque des Quebecois 벽화에는 캐나다를 발견한 Jacques Cartier 등이 그려져 있다. 세계인이 가장 가고 싶어하는 곳으로 선정된 Old City의 Rue du Petit Champlain 거리 끝 Neptune Inn 벽에는, 시민들의 일상을 그린 벽화가 눈길을 끈다.

이곳에서는 매년 2월 초 열흘 동안 퀘벡 겨울축제가 열린다. 얼음호텔 Hotel de Glace에는 1.5만 톤의 눈으로 만든 호텔 로비와 칵테일 바 그리고 이글루 체험을 위한 얼음침대 등이 있다. 벽과 천장을 가득 채운 얼음 조각품들은, 이곳이 영하의 냉동고임을 잠시 잊을 정도로 환상적이었다.

축제의 마스코트로 '좋은 성품의 남자'라는 뜻의 Bon Homme는, 홍보대사답게 방문객들과 함께 인증사진을 찍으며 잘 어울렸다. 15불의 입장료로 축제장을 자유롭게 드나들며, 놀이기구를 타는 어린이들의 해맑은 모습을 볼 수 있었다.

얼음 조각품으로 장식된 얼음궁전은 조명등의 컬러를 바꿔가며 환상적인 분위기를 연출한다. 흥겨운 음악이 연주되고 있는 궁전을 돌아보고, 밖으로 나오니 드럼통 장작불 앞에서 알콜 음료를 마시며 얼은 몸을 녹이는 사람들이 보였다.

밤 7시부터 9시까지 Saint Louis 도로에서 Up Town Night Parade가 벌어진다. 퍼레이드 선두가 지나간 후, 우주복 차림의 경찰관들이 환호하는 시민들에게 오토바이 묘기로 화답한다.

퍼레이드 참여팀들과 관람객들이 함께 춤을 추며 추위를 이겨낸다. 그들은 일본 삿포로 눈축제와 중국 하얼빈 국제 빙설제와 함께 세계 3대 겨울축제로 불리는 이 축제를 세계 최고의 겨울 카니발로 만들고 있었다.

1,200km의 Saint Lawrence강 유역에는 자연을 지키며 사는 캐나다 사람들의 삶이 흐른다. 세인트로렌스강 한가운데는 17세기 북프랑스 출신 농민들이 개척한 아이스 와인의 주 생산지 오를레앙섬Ile d' Or Leans 도 있다.

캐나다에는 인구의 4.4%인 167만여 명의 원주민이 살고 있다. 같은 언어를 사용하는 50여 종족은 630여 개의 First Nation으로 커뮤니티를 이루고 있다. 퀘벡 시티 북서쪽에 있는 Wendake 마을에서는 원주민들의 전통축제인 Pow Wow가 열린다. 그들은 춤과 노래로 모든 생명의 근원인 땅을 발로 밟아 위로하며, 원주민들간의 화합을 도모한다.

Thousand Islands

천섬의 사랑, 미완성의 완성

미국과 캐나다 사이의 Erie호에서 흘러나온 물줄기가 나이아가라강을 이룬다. 이 강물은 나이아가라 폭포를 거쳐 Ontario호를 지나, 천섬이 있는 지점에서 세인트로렌스강을 통해 대서양으로 흘러간다.

이곳 1,800여 개의 섬에는 미국과 캐나다의 부자들이 지어 놓은 여름별장이 즐비하다. 그중 사랑의 완성을 위해 미완성으로 남아있는 Boldt Castle을 찾아, Thousand Islands 크루즈에 올랐다.

1900년대 백만장자 George가 아내 Louise를 위해 Heart섬에 지은 6층의 볼트성은 아내가 갑자기 사망하는 바람에 공사가 중단되었다. 오로지 아내를 위하여 지었기에 그녀가 죽자, 이 성은 미완성의 상태로 1달러에 캐나다 정부에 넘겨졌다.

화려하고 호화로운 겉모습 뒤에 숨은 가슴 시린 전설같은 이야기는 오늘날 많은 연인들의 사랑으로 이어진다. 채 완성되지 못하여 오히려 완성된 그들의 아름다운 사랑 이야기가 특별한 감동을 빚어낸다.

3시간 동안 세인트로렌스강의 Thousand Island Park 등을 돌며, 돌섬 위에 그림처럼 앉아있는 별장과 볼트성을 돌아보았다. 천섬 크루즈는 캐나다의 Kingston과 미국의 Clayton 등에서 출발한다.

1911년 천섬 중의 하나인 Round Island의 7층 호텔 New Frontenac에서 화재가 발생하였다. 객실 300여 개의 이 호텔은 담배회사 창립자의 한 사람으로, 담배 만드는 기계를 발명한 Charles Emery가 지은 여름 휴양지이다.

Thomas Edison 등 저명인사들이 많이 찾았던 최고 호텔이, 투숙객인 재즈 뮤지션이 버린 담배꽁초로 잿더미가 되었다. 아이러니하게도 담배 재벌의 재산이 담뱃불로 인하여 하루아침에 사라진 것이다.

강물 위에서는 섬에 게양되어 있는 국기로 국적을 알 수 있다. 저 멀리 미국령과 캐나다령으로 나뉘어져 두 개의 섬이 다리로 연결된 Zavikon섬이 보인다.

Niagara Falls

나이아가라 폭포의 밤 무지개

파란 눈의 여주인과 다양한 주제로 대화를 나누는 남편에게 2시간만 봐주고 갈 길을 재촉하였다. 그녀는 2층과 지하를 꾸며 민박을 하며, 관광객들과의 만남을 즐기다가, 날씨가 추워지면 플로리다로 내려가 봄이 올 때까지 머문다.

흔적없이 떠나기 Leave No Trace 캠페인을 하고 있는 Algonquin 공원을 방문하였다. 낚시할 때 살아있는 미끼 사용이 금지된 이 공원 안의 Logging Museum을 돌아본 후, Spruce Bog Boardwalk 트레일을 하였다.

끝없이 펼쳐지는 초원을 지나, 토론토에 도착하여 길거리에서 만났더라면 알아보지 못할 만큼 변해버린 여고 동창 승주와 희경이를 만났다. 호텔 로비에서 시작된 수다는 점심을 먹으면서도 계속되었다. 40년 만의 만남은, 다음에 또 보자는 기약 없는 약속과 함께 3시간 만에 끝이 났다.

Niagara-on-the-Lake의 Niagara College Teaching Winery를 찾았다. 일반 와인 생산용 포도는 11월에 수확하지만, 이곳 아이스 와인용 포도는 섭씨 −8도가 유지되는 1월에 수확한다. 얼고 녹는 과정을 여러 번 반복하여 당도가 높아진 최고의 포도주는, 차게 해서 마셔야 제맛이 난다.

화사한 꽃들로 아름답게 단장한 시내로 들어가, 아기자기하게 장식된 가게들을 둘러보았다. 높이 3m, 길이 2.5m의 Living Water Wayside Chapel은 세상에서 가장 작은 교회로 기네스북에 등재되어 있다.

죽기 전에 꼭 가보고 싶은 곳으로 언제나 3위 안에 드는 나이아가라 폭포는, 그 웅장함을 보여주며 역동적인 에너지를 발산한다. 많은 사람들이 은은하게 조명을 받으며 쏟아져 내리는 나이아가라의 또 다른 모습에 환호한다.

폭포의 상부 지층은 백운암과 석회암으로 단단한 층인데, 아래층은 진흙이 단단해진 셰일층과 사암층이다. 아래쪽이 먼저 침식되면서 위쪽이 무너져 내려, 폭포가 매년 1m가량 뒤쪽으로 후퇴한다.

폭포가 생성된 만 년 전보다 무려 11km나 후퇴하자, 댐으로 수량을 조절하여 지금은 매년 30cm 정도만 후퇴한다. 엘리베이터로 캐나다령 폭포의 출발지에서 38m가량 내려가, 198m 길이의 터널 뷰포인트에서 폭포의 뒷면을 올려다보았다.

높이 55m, 넓이 900m의 캐나다 쪽 Horseshoe Falls의 물 두께는 1m로, 한 시간 동안 쏟아지는 물의 양은 서울 시민이 하루종일 사용하는 물보다 많다. 이 폭포를 바라보는 동안 온몸이 정화되는 느낌이 들었다.

온타리오호는 이리호보다 100m 정도 낮아, 두 호수 사이에 운하를 파서 8개의 갑문을 설치하였다. 그 Welland Canal은 나이아가라 폭포를 우회하여, 매년 미국과 캐나다 사이로 4천만 톤의 물자를 운송한다.

Chicago, IL

시카고, 잿더미에서 일어서다

오하이오와 인디애나주에 끝없이 펼쳐지는 옥수수밭을 지나, 일리노이주 시카고에 도착하였다. 20여 년 전 우리집에서 이틀 머물다 헤어진 후, 카톡으로만 안부를 주고받던 고등학교 절친 현섭이를 만났다.

현섭이는 아프리카 수단에서 미전도종족 선교 사역을 하고 있는 남편 장후영 선교사를 지원하기 위하여, 두 군데 사업체에서 열심히 돈을 번다. 신실한 신앙인으로 우직하게 살아가는 친구가 존경스러웠다.

깨끗하고 쾌적한 거리를 보며, 알 카포네 갱단의 총성이 울리던 시카고에 대한 부정적인 선입관이 단숨에 사라졌다. Cloud Gate로 유명해진 Millennium 공원은 시민들로 인산인해를 이룬다.

Crown Fountain의 양쪽 타워 LED Display에서는 시카고 시민들의 얼굴이 교대로 나타나며, 입에서 작은 폭포를 분사한다. 장난스럽게 살짝 웃는 그 모습 아래에서, 아이들이 물줄기를 맞으며 무더위를 날려보낸다.

1871년 10월 Great Chicago Fire로 도심지역이 잿더미로 변하고, 십만여 명의 이재민이 발생하였다. 미국에서 일어난 가장 큰 규모의 화재를 겪은 시카고는, 강을 중심으로 아름다운 도시를 재건설하여, 1900년대 세계에서 가장 빠르게 성장하는 도시가 되었다.

Grant Park의 Buckingham Fountain은 간헐천처럼 높이 솟아올라, 다운타운의 높은 빌딩들과 어우러지는 6층 높이의 분수이다. 미시간 호수의 멋진 배경으로 웨딩사진의 포토존이 되어있다.

첫 정착자인 Du Sable을 기념하여 '두사블 다리'라 불리는 Michigan Ave Bridge 옆 광장에서 Hop on/off Bus 투어를 시작하였다. 워터타워를 돌아보고, 길 건너에 있는 Hersey's Chicago에 들러 추억의 Kisses 초콜릿을 시식하였다.

옥수수 빌딩이라 불리우는 Marina City 빌딩은 15층까지 주차장이며 지하에는 요트 정박장이 있고, 상단에는 아파트 상가 등이 있는 주상 복합 건물이다. 1964년에 지은 이 건물은 당시로는 무척 혁신적인 건물이었다.

Willis Tower에서 55초 만에 103층 스카이덱으로 올라갔다. 유리 발코니 Skydeck Ledge에서 1,353ft의 높이를 아찔하게 느끼며, 발아래 도시를 내려다보았다.

타 도시로 배송해 줄 정도로 인기가 좋은 시카고 피자는, 깊은 그릇에 굽는다고 해서 시카고 딥 디쉬라고도 한다. 움푹한 파이팬에 다양한 토핑과 치즈를 가득 넣고 오븐에 구워낸 후, 포크와 나이프로 먹는다.

Chicago River Cruise, IL

시카고강, 거꾸로 흐르다

윈드 시티라 불리우는 시카고의 강한 바람 때문에 크루즈를 하려면 재킷이 필요하다. 예술품 같은 빌딩들을 강가에 배치한 시카고는, Wendella Boats 선착장에서 Sunset 크루즈, Architecture 크루즈 등으로 관광객들을 불러 모은다.

크루즈 회사 창구로 가서, 어젯밤 크루즈 출항이 지연되어 선셋 사진을 찍을 수가 없었다 했더니, 원하는 시간에 다시 하라고 한다. 직원의 탁월한 경영 마인드로 31불짜리 Architecture River 투어를 공짜로 할 수 있었다.

현대 건축물의 박람회장이라고 할 수 있는 시카고 강가에 Trump Tower가 나타났다. 트럼프 대통령이 개발업자 시절에 지은 1,388ft 423m의 이 건물은, 시카고에 있는 4개의 100층급 빌딩 중 하나이다.

1900년 식수원인 미시간 호수가 위협을 받자, 동쪽 미시간 호수로 흐르던 시카고 강물을 역류시켰다. 강바닥을 파서 수위를 호수보다 2ft 낮게 만들어, 강물을 156마일 서쪽 미시시피강 지류로 흘러가게 한 것이다.

낡은 하수구 때문에 강물이 오염되었다고 판단한 그들은, 미시간 호수 입구에 갑문을 설치하여 강물이 호수로 들어가지 않게 하였다. 배들이 미시간 호수를 드나들 때에는, 갑문 안에서 수면이 같아질 때까지 대기한다.

TRUMP

겨울엔 모질게 춥고, 봄, 가을엔 찬바람이 매서운 시카고의 밀레니엄 공원 끝자락에 시카고 미술관이 자리 잡고 있다. 뉴욕의 메트로폴리탄, 보스턴의 현대미술관과 함께 미국의 3대 미술관으로 손꼽힌다.

눈보라가 휘몰아치는 어느 겨울, 초로의 신사가 The Art Institute of Chicago에 있는 Paul Delvaux의 〈The Awakening of the Forest, 1939〉 앞에 선다. 젊은 날의 생기발랄하고 호기심 많았던 자신을 발견한 그는, 따듯한 봄이 오면 다가올 사랑을 꿈꾸며 위로를 받고 돌아선다.

〈Journey to the Center of the Earth, 1964〉의 원시적인 숲을 배경으로 한 이 작품에는 로봇처럼 생긴 벌거벗은 여인들이 보인다. 식물적 요소가 가미된 선사시대 여인과 이를 관찰하는 현대인들을 등장시켜 기묘하고 신비로운 모습을 보여준다.

1차 세계대전 후, 뉴올리언스가 해군기지로 수용되자, 루이 암스트롱이 시카고로 이주하여 시카고 재즈라는 유파를 만들었다. 마틴 루터 킹 목사 1928-1968 는 이곳에서 흑백 주거 분리를 반대하는 오픈 하우징 운동을 펼쳤다.

Lincoln Home, IL & Spam Museum, MN

링컨 생가와 스팸박물관

Springfield의 Lincoln Home 방문자 센터에서 무료입장권을 받아, 지정된 시각에 집결지에 모여 레인저와 함께 투어를 시작하였다. 켄터키주 Hodgenville에서 1809년에 출생한 링컨은, 1837년 이곳으로 이사와 변호사로 활동하였다.

1842년에 메리Mary Todd와 결혼한 링컨은, 1844년에 이 집을 2,500불에 구입하여 1860년 대통령이 되기 전까지 살았다. 그가 즐겨 쓰던 검은 모자와 서재 등이 보존된 집 2층으로 올라가자, 침대 밑에 요강이 살짝 보였다.

상원의원 선거에 두 번이나 낙선한 링컨은, 마차를 타고 전국을 돌며 강연회를 통해 자신의 존재를 꾸준히 알렸다. 그는 노예해방 Emancipation Proclamation 이라는 정치 이념을 내세워, 51세에 16대 미국 대통령에 당선된다. 남북전쟁을 치른 그는 "Government of the people, by the people, for the people shall not perish from the earth."라는 게티스버그 명연설을 남겼다.

1864년 재선에서 승리한 링컨은, 워싱턴 DC Ford 극장에서 연극관람 중, 남부 출신 배우 John Booth에게 피격되어, 1865년 4월 15일 서거한다. 기차편으로 이 집으로 돌아온 링컨은 인근 오크리지 묘지에 안장되고, 이곳은 1887년 국가 역사 유적지가 되었다.

켄터키주 상류층 출신 메리는 명랑하고 재치있는 성격으로, 친척들은 그녀가 링컨과 교제하는 것을 별로 반기지 않았다. 네 명의 아들을 낳았으나 장남 로버트 외에는 어른이 되기 전에 죽었다.

그녀는 남북전쟁으로 켄터키주의 친구와 친척한테 적으로 취급받는 아이러니를 겪었으며, 백악관의 안주인으로서는 부당한 언론의 비판에 시달렸다. 결국 남편이 자신의 곁에서 저격당한 10년 뒤인 1875년 정신이상 진단을 받았다.

미네소타주의 Austin에 있는 Spam Museum을 방문하였다. 건강식품이 아니라는 나의 고정관념을 깨려는 듯, 스팸을 유난히 좋아하는 남편이 꼭 들러야 한다고 하기에 어쩔 수 없이 찾았는데, 기대 이상으로 흥미로웠다.

1937년부터 Hommel Foods 회사에서 생산된 Spam은 '돼지의 어깨 살코기와 햄Shoulders of Pork And Ham'의 앞글자이다. 넓적다리 햄을 만들고 남은 어깻살은 뼈를 발라내기가 어려워, 갈아서 소금과 설탕을 물과 잘 섞어 탄탄하게 만들었다. 감자 등을 첨가하여 맛깔진 돼지고기의 붉은색을 살려, 캔으로 만들어 인류의 식탁을 점령하였다.

스팸에 많이 들어간 지방과 방부제가 건강에 해롭다는 주장도 있지만, 80년 동안 80억 개 이상이 판매되었다. 하와이에서는 뭉쳐놓은 밥 위에 스팸을 올려놓고 김으로 싸서 만든 Spam musubi가 인기 있는 초밥 중의 하나이다

스팸은 장기 보관이 가능하여 여행 중 간편하게 먹을 수 있는 가공식품이다. 한국전쟁 이후 미군들을 통해서 소개되어, 명절 때 선물세트가 될 정도로 한국인에게 사랑을 받고 있다.

미국 내에는 3개의 공장에서 13종류의 스팸을 만들며, 영국, 일본, 브라질 등 여러 나라에 공장이 있다. 1986년 기술제휴를 맺어 CJ 제일제당에서 스팸을 생산하는 한국은, 미국 다음으로 세계 2위의 소비국이 되었다.

다양한 레시피를 소개하는 한국관에서는, 하정우와 김래원 등 인기배우들이 TV CF에 나와 구매욕을 불러일으킨다. 12가지 다른 맛이 나는 종합세트를 팔기에 개당 2.5불에 한 박스를 샀다.

박물관 측은 많은 과학자들이 건강에 좋은 스팸을 만들기 위해 연구한 자료를 보여준다. 순서대로 포장하며 시간을 재는 놀이로 스팸과 친숙해져, 여행 중 가끔 빵에 Spam Spread를 발라먹었다.

스팸을 '원하지 않는데 잔뜩 들어가 있는 것'으로 묘사한 스케치를 바탕으로, 오늘날 '원치 않는 전자 메시지'를 스팸 메일 또는 스팸 문자라 한다.

Sioux Falls & Corn Palace, SD

수 폭포 공원과 옥수수 궁전

3,020마일의 I–90 Interstate Highway는, 보스턴에서 시애틀까지 북미대륙을 동서로 연결하는 미국에서 가장 긴 고속도로이다. 속도 제한 80마일의 South Dakota주 구간을 신나게 달려 Sioux Falls에 도착하였다. 폭우에 캠프장이 젖어, 13불을 더 지불하고 캐빈에 들었다.

10분 거리의 Sioux Falls Park는 하루 종일 내린 폭우로, 황토물이 우렁찬 소리를 내며 붉은색 바위 사이로 넘쳐 흐른다. 서서히 붉게 물들어 가는 노을 속에서, 1만 4천 년 전 빙하가 해빙되던 시기에 형성된 폭포 주위를 산책하였다. 1956년 화재로 소실된 Queen Bee Mill의 석조물이 공원 한편에 덩그러니 남아있다.

수 폭포에서 1시간 거리의 Mitchell에 있는 세계 유일무이의 Corn Palace를 찾았다. 3,200석의 대형 관람석과 초현대식 농구 코트가 있는 실내 벽에는, 각종 옥수수로 만든 작품들이 가득 채워져 있다. 2층 복도에는 초기부터 연대별로 옥수수 궁전 사진들이 전시되어 있다.

이 궁전은 1892년부터 매년 추수한 다양한 색의 옥수수 부산물로 건물 내부와 외부를 장식하고 있다. 단조로운 농촌 생활에 자칫 무기력해질 수 있는 환경을 슬기롭게 이겨내고, 세계적인 기념물을 만든 그들에게 엄지척으로 최고의 찬사를 보냈다.

Minuteman Missile Historic Site

핵으로 위협받는 지구촌

Murdo의 Pioneer Auto Museum은 독일 이민자 2세 Dick Geisler에 의해, 1954년에 탄생했다. Phillips 66 주유소를 운영하던 그는, 1913 Ford Peddler's Wagon 등 앤틱차를 모아 박물관을 만들었다.

그곳에는 275대의 고전차와 60대의 트랙터 그리고 오락기와 장난감 등 앤틱 물건들이 전시되어 있다. 불과 100여 년 전 생활상이 아주 먼 옛날 것으로 느껴져, 현대 문명의 급속한 발전을 실감할 수 있었다.

Midland의 1880 Town을 방문하여, 1880년에서 1920년 사이의 건축된 학교, 교회 등을 돌아보았다. 박물관 1층에는 역사 자료와 생활용품, 2층에는 이 지역에서 촬영된 영화 〈Dances with Wolves〉의 소품들이 전시되어 있다.

1963년 미국의 6개 핵미사일 런칭기지 중 하나로 건설된 Minuteman Missile Historic Site를 찾았다. 민가가 거의 안 보이는 밀밭의 나지막한 언덕 위에 자리 잡은 이 기지는, 1991년 소련이 붕괴되자 8년 후 미사일이 제거되고 사적지가 되었다.

1945년 미국이 히로시마와 나가사키에 원자폭탄을 터트리자, 소련도 1949년에 원자폭탄을 만들면서, 동서 냉전시대가 개막되었다. 1952년 미국이 수소폭탄을 만들자 소련도 1953년 수소폭탄을 만들었다.

영국은 1952년과 1957년, 프랑스는 1960년과 1968년, 중국은 1964년과 1967년에 원폭과 수폭 실험에 성공한다. 소련은 계속 핵전력을 크게 증강시켜 1978년에는 세계 1위의 핵무기 보유국이 되었다.

1961년에는 소련이 50메가톤 Tzar Bomba 수소폭탄을 만들었다. 이는 히로시마에 투하되어 10만여 명을 사망케 한 Little Boy보다 3,300배 이상의 위력을 지닌 폭탄으로, 서울을 초토화시킬 수 있다.

1980년대 소련은 미국보다 1만여 기가 많은 4만여 기의 핵탄두를 보유하여 지구상의 모든 생명체가 생존 자체를 위협받게 되었다. 예산의 8%를 국방비로 사용하던 미국에 비해 소련은 국가 총생산의 25% 이상을 안보와 외교에 투입하였다.

레이건 대통령의 압박으로 자유를 억압하는 권위주의와 비효율적 사회주의 경제 체제의 소련은, 핵무기 제조 등으로 국력을 소모한 끝에 몰락한다. 미소 핵경쟁이 끝나자, 이스라엘, 파키스탄, 인도가 핵무기를 만들었다. 핵확산 방지조약으로 핵전쟁 위협은 줄어들었으나, 북한이 9번째 핵보유국임을 선언했다.

매머드 사이트와 윈드 케이브 국립공원

아프리카 매머드가 북쪽으로 이동하여 북유럽의 추운 날씨에 적응하여, Woolly Mammoth가 된다. 시베리아를 거쳐 미대륙으로 넘어와 토종 매머드와 함께 살았던 The Mammoth Site를 찾았다.

250만에서 1만 년 전 신생대 제4기 홍수가 많이 일어나 洪積世 Pleistocene epoch 라 부르는 이 시기에, 빙하가 몇 차례 내습하여 빙하시대라고도 한다.

화산활동이 많았던 이때 인류의 조상이 나타났다.

홍적세에 Hot Springs 지역의 석회암 지층이 무너져 깊이 65ft 넓이 120x150ft의 Sinkhole이 생겼다. 그 싱크홀에서는 Hot Springs의 따뜻한 물이 솟아올라 동물들의 놀이터가 되었다.

동물들이 경사가 심하고 진흙 등으로 미끄러운 이 싱크홀을 빠져나오지 못하고 죽어, 수백 년 동안 매머드와 큰 곰뼈가 쌓였다. 지하수 물길이 끊기자 이 싱크홀은 진흙 구덩이에서 연한 바위로 변해, 지각변동에 의해 2만여 년 만에 지표로 솟아올랐다.

1974년 George Hanson은 이 지역에서 건축일을 하다가 땅 속에서 이상한 뼈를 발견하였고, 그의 아들은 이것이 매머드의 이빨임을 밝혀내었다. 2016년까지 58개의 North American Columbian 매머드와 3세트의 털매머드 뼈가 발굴되었다.

땅 주인 Phil Anderson은 bone bed와 발굴품 그리고 전문가와 아마추어 팀들이 찾아낸 자료들을 박물관을 만들어 기증하였다. 1980년 National Natural Landmark가 된 이곳에는 지금도 독일 등 전 세계의 과학자들이 방문한다.

박물관에는 매머드 뼈를 골조로 하여 지은 매머드 Bone house가 아이들의 호기심을 불러일으킨다. 그렇게 단단하게 보이는 거대한 상아들도 오랜 세월에 응집력을 잃고 실오라기처럼 부스러져 있다.

1903년 국립공원이 된 Wind Cave는 동굴로서는 미국에서 가장 오래된 공원이다. 입장료는 없으나, 가이드 투어로만 들어갈 수 있다. 엘리베이터를 타고 지하로 내려가, 30층 높이의 복잡한 구조를 가진 동굴을 돌아보았다.

동굴에서 1/4마일 떨어진 곳에, 이 동굴과 연결된 10여 인치 구멍에서 들숨 날숨 현상이 일고 있다. 동굴 안과 밖의 기압에 따라 시원한 바람이 들락거려, 그 연유로 Wind Cave라 명명된 이곳은, 2018년까지 149마일의 통로가 탐사되어 세계에서 가장 긴 동굴 중의 하나가 되었다.

1889년 Jesse McDonald는 광산회사에 고용되어 이 동굴에서 광석 발굴을 시도하였으나 실패한다. 1892년부터 맥도날드 가족은 촛불을 들고 들어가는 동굴 투어를 개발하여 1불을 받았다. 당시 1불은 2020년 가치로는 28불로 괜찮은 비지니스였다.

Badlands National Park

배드랜즈 국립공원, 화석의 보고

1만여 년 전부터 사냥을 하며 살았던 원주민 Lakota 족은, 찌는 더위와 물이 부족하였던 이곳을 'land bad'라 불렀다. 프랑스 캐나디언 모피상이 "bad lands to travel through."라 하면서, Badlands 국립공원의 이름이 되었다.

1840년경부터 라코타 족은 매머드 턱뼈와 거북이 화석 등을 채집하여 American Fur 회사 등 모피상이나 수집상에게 팔았다. 북미에서 발견된 84종의 화석 중 77종이 White River Badlands에서 나와 이곳은 국제적인 명성을 얻었다.

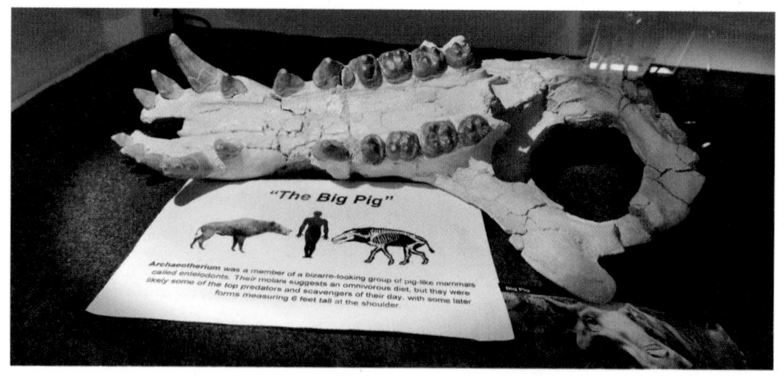

1시간가량 Boardwalk 화석 트레일을 하면서 멸종되어 볼 수 없는 귀한 화석들을 살펴보았다. 1870년 화석을 발굴하여 조합하는 방법을 고안한 예일대의 Marsh 교수 등이 3천만 년 전의 Oligocene mammals 연구를 시작하였다.

Ben Reifel 방문자 센터 박물관에는 화석 처리 연구소와 체험 학습장도 있다. 개의 조상인 Early Dog과 돼지의 조상인 Big Pig 등의 화석이 발견되어 고고학적 가치가 커지자, 정부는 이곳을 국립공원으로 지정하였다.

작고 좁은 두개골을 가진 북미의 레포파구스는 초기 늑대 에트루수스 등으로 진화하여 개의 조상인 회색늑대가 되었다. 북미에서는 멧돼지가 발견되지 않아, 돼지의 조상인 빅피그는 오래전에 멸종된 것으로 추정된다.

수천만 년 동안 모래와 점토의 침전물이 쌓이고 강물과 계곡물에 침식되어 황갈색과 회색, 그리고 노란색이 뚜렷한 암석층이 형성되었다. 그로 인해 페인트를 뿌려놓은 듯한 Painted Desert가 끝없이 펼쳐진다.

그 험준한 아름다움으로 눈에 확 드러나는 다채로운 암석층 사이에서 들소, 큰뿔야생양, 검은발족제비 같은 포유류가 가끔씩 모습을 드러낸다. 거친 아름다움을 간직한 이곳에서는 영화 〈늑대와 함께 춤을, 1990〉이 촬영되었다.

Mt. Rushmore & Crazy Horse Memorial

러시모어, 애국의 상징

산정의 거대한 바위에 4명 미국 대통령 초상이, 상상을 초월하는 크기로 새겨져 있는 Mount Rushmore 국립 기념공원을 찾았다. 미국 역사의 한 페이지가 조각되어 있는 이곳은 매년 3백만 명이 방문하는 미국의 성지이다.

맨 왼쪽에 독립전쟁 사령관으로 건국 대통령이 된 워싱턴이 있다. 그 옆에 독립 선언문을 작성한 제퍼슨이 있다. 오른쪽 끝에는 노예해방으로 모든 인간의 자유를 지킨 링컨 대통령이 있고, 한가운데 미서부 자연보호와 파나마 운하 구축 등으로 미국을 세계 최강으로 올려놓은 시어도어 루스벨트가 있다.

조각가 Gutzen Borglum은 1927년부터 14년 동안 Keystone에 있는 해발 5,725ft의 러시모어산 정상을 다이너마이트로 깎아, 정과 망치로 완성하였다. 이 공원은 입장료는 없는 대신 7일간의 주차비로 일반인은 10불, 시니어는 5불을 내야 한다.

4명의 대통령이 조각되어 있는 산자락 숲속 0.6 마일의 Presidential Trail을 돌았다. 트레일 끝 Sculpture's Studio에는, 12대 1로 축소한 모형을 만들어놓고 작업하던 기록이 전시되어 있다. 루스벨트는 굿젠과 친분이 두터워 4명의 대통령상에 올랐다는 뒷이야기도 들을 수 있었다.

대통령상이 정면으로 보이는 Grand View Terrace 지하의 Exhibit Hall에는 미국의 역사와 대통령들의 업적 등이 전시되어 있다. 미래를 이끌어갈 자녀들에게, 나라를 사랑하는 참교육을 시키고 있는 부모들이 보였다.

밤 9시부터 바위에 새겨진 대통령상이 은은한 조명을 받아 빛을 발하고 있는 가운데 야간행사가 진행되었다. 밤 10시가 되자 현역, 퇴역 군인들이 단상으로 올라와, 함께 국기 하강식을 하며 가슴 뭉클한 시간을 가졌다.

17마일 떨어진 Crazy Horse Memorial에는 1877년 미군과의 전투에서 사망한 Oglala Lakota족 추장 Tashunka Witko 1842-1877 의 말 타고 있는 모습이 세워지고 있다. 'Crazy Horse'라는 뜻의 이름을 가진 그는, 미군과의 전투에서 한 번도 패한 적이 없어 원주민들에게 전설이 되어있다.

1948년부터 공사 중인 세계에서 가장 큰 이 조각상은 정부의 지원도 마다하고 순수한 민간 후원기금만으로 대를 이어 공사 중이다. 10불로 박물관을 돌아본 후, 조각가 Ziolkowski 가족의 불굴의 의지가 담긴 기록영화도 보았다. 3불의 투어버스로 공사 현장으로 다가가 1시간 동안 둘러보았다.

Devils Tower NM & Grand Teton NP, WY

데빌스 타워와 그랜드 티턴

Devils Tower는 2억여 년 전, 용암이 위로 밀고 올라오다가 암석층을 만나 분출되지 못하고 식으면서, 옆으로 퍼져 윗면이 평평하게 된 것이다. 수직으로 주상절리가 된 원추 모양으로 남아있다가, 침식작용으로 지면에 노출되어 해발 5,112ft의 고원에 높이 867ft의 바위탑으로 남았다.

원주민들은 데빌스 타워 측면의 주상절리를 곰이 할퀸 자국이라고 믿었다. 거대한 곰에게 쫓기던 7명의 원주민 소녀들이 기도하자, 곰이 있던 곳이 솟아올라 곰으로부터 살아났다 하여 Bear's Lodge라고도 부른다.

지금도 Devils Tower를 Bear Lodge Butte로 이름을 바꾸는 소송이 진행 중이다. 공원 당국은 그들의 신앙을 존중하여 제사 도구나 나무에 매어놓은 울긋불긋한 천 조각들을 훼손시키지 말라고 당부한다.

1.3마일의 Devils Tower 트레일을 천천히 돌면서 여러 각도에서 감상하였다. 매년 40만 명의 방문자 중에 1%에 해당되는 등반가들이 암벽타기에 도전한다. 오늘도 여러 팀의 등반조들이 거대한 바위에 매달려, 젊음을 만끽하며 인간의 한계에 도전하고 있다.

와이오밍주의 Themopolis에 있는 Hot Springs 주립공원은 세계에서 가장 큰 온천으로, 화씨 135도의 높은 수온을 자랑한다. 치료 목적으로 104도로 조절된 욕탕에서 무료온천을 즐길 수 있다. 공원 안의 Days Inn 로비 복도에는 호텔 주인이 세계여행 중에 찍은 사진들이 빼곡히 전시되어 있다.

1929년 국립공원으로 지정된 그랜드 티턴은, 1만 2천ft가 넘는 높은 산봉우리와 호수로 이루어져 있다. 스위스의 알프스와 비교될 만큼 아름답고 화려한 경관으로 서부영화 〈Shane〉이 촬영되었다.

엘크 등 북미 특유의 사슴과 들소, 곰 등을 볼 수 있으며, 봄에는 계곡과 초원에 만발한 야생화, 가을에는 백양나무 단풍을 즐길 수 있다. 9백만 년 전 지각변동에 의하여 3만 피트로 융기되었으나, 침식과 풍화작용으로 단단한 화강암만 남아 오늘날의 높이와 모습으로 변하였다.

Jackson Hole Town Square는 네 군데 입구에 순록 뿔로 만들어진 Antler Arch를 세워놓은 잭슨홀의 랜드마크이다. 마침 Fire Festival이 열리고 있어 주민들과 함께 축제를 즐겼다. 무대 위에는 일본 문화사절팀의 전통 큰북이 설치되어 있었다.

Teton 산자락에 길게 드리워져 있는 Jenny Lake에서는, 사진작가들이 아침 햇살을 받아 눈부시게 변하는 산의 모습을 담는다. 제니 호수에 떠 있는 만년설 산봉우리가 손에 잡힐 듯, 수정 같은 호수를 타고 멋지게 다가왔다. 왜 사람들이 티턴산을 가장 남성적인 산 중의 하나로 꼽는지 직접 와서 보니 이해가 되었다.

Yellowstone National Park

옐로스톤 국립공원

1872년 Grant 대통령에 의하여 미국 최초로 지정되고, 세계 최초의 국립공원이 된 Yellowstone을 찾았다. 삼각대에 카메라를 올려놓은 사진작가들이, 황금빛 초원에서 아침을 맞이하는 한 무리 엘크의 일상을 담아내고 있다.

Gibbon 폭포를 방문한 후, Lower Geyser Basin에서 반 마일의 트레일을 하며, Mud Pot 등 간헐천을 돌아보았다. 1959년 지진으로 수온이 높아져 모든 박테리아가 죽었던 leather pool은, 수온이 낮아져 다시 살아난 박테리아에 의해 화려한 모습을 회복하고 있다.

Midway Geyser Basin에서는 신비롭고 환상적인 경치들이 1마일의 트레일을 수놓고 있다. 엘지의 종류에 따라 오색찬란한 색깔이 파도치며, 뜨거운 김이 트레일 보드를 걷고 있는 우리를 감싼다. Biscuit Basin을 돌며, 힘차게 솟아오르는 간헐천과 다양한 색상의 온천 호수들을 돌아보았다.

Old Faithful Inn에는 44분에서 2시간 주기의 분출 시간을 알려주는 시계가 있다. 1870년 발견된 때부터 지금까지 틀림없이 솟아오르기에, 원주민들은 '오래된 믿음'이라는 뜻으로 Old Faithful이라고 불렀다.

10여 분 전부터 모여든 사람들과 함께 반원형의 긴 의자에 걸터앉아, 옐로스톤의 랜드마크인 Old Faithful 간헐천의 대분출을 기다렸다. 시간이 되자, 올드 페이스플은 200ft 가까이 솟아오르며 가슴 뛰는 장관을 5분 정도 보여주었다.

West Thumb Geyser Basin에서 1마일가량의 트레일로 옐로스톤 호수를 돌아보았다. 간헐천에서 수증기와 함께 솟아오른 물을 받아들이는 드넓은 호숫가에는, 가마솥처럼 물을 펄펄 끓이고 있는 조그만 웅덩이도 보였다.

4년 전에는 2박에 300불 하는 Yellowstone Lake Village의 캐빈에 묵었으나, 이번에는 공원 서쪽 입구에 있는 KOA Tent Village에서 96불에 잤다. 일반 텐트 사이트보다 10여 불 비싸지만, 비바람을 피할 수 있는 벽과 지붕이 있다.

그 공간에서 식사준비를 하다가, 비가 내려 지붕 밑으로 텐트를 옮겼다. 다음 날 텐트를 걷지 않고 놔둔 채, 중요한 물품만 차에 싣고 다니다가 돌아오니, 텐트도 말라 있고 주위에 캠핑족들이 적당히 보였다.

말 타고 돌아본 옐로스톤

서쪽문으로 들어와 8자로 뚫려있는 도로 중, 중간지점 왼쪽에 있는 Norris Geyser Basin을 찾았다. 이곳은 공원 안에서 가장 뜨거운 곳으로 뉴질랜드의 화산지대와 함께 지구상에서 지표가 가장 얇아 화산 대폭발 위험이 매우 큰 곳이다.

2.3마일의 낮은 분지 트레일을 돌며, 우리를 감싸듯 사방에서 다이나믹하게 품어져 나오는 수증기 사이를 걸었다. 지하 1천여 피트의 화씨 460도 열기가 지표로 올라와, 엘지의 종류와 물의 온도에 따라 형태와 색깔이 다른 모습을 보여준다.

이 공원에는 전 세계 간헐천의 60%가 넘는 300여 개의 간헐천이 있다. 2012년에 초입에 있던 원반 모양의 작은 간헐천은 화려한 노란색이었다. 2016년에 다시 방문해보니, 수온의 변화로 미생물은 다 죽은 듯 하얀색으로 변해있다.

8자의 중간길 12마일을 관통하여 남쪽으로 내려가, Mud Volcano에 들렀다. Dragon Mouth Spring에서 불을 뿜어내는 거대한 용의 굉음과 함께, 굴 안에서 나오는 수증기들이 바람에 흩날리면 용의 목구멍이 살짝 보인다.

Hayden Valley에서는 Bison들이 풀을 뜯다가 큰길까지 점거하여, 시간을 망각한 관광객들에게 즐거움을 선사한다. 호수에 비친 푸른 하늘과 하얀 뭉게구름이 빚어낸 아름다운 광경에 한참을 머물렀다.

북미 들소는 한때 멸종 위기를 맞이하였으나, 1900년 초 정부의 보호정책으로 번식을 거듭하여 4천여 마리로 늘어났다. 경기도 면적만 한 이곳 야생동물의 천국에서 바이슨 트래픽을 만들 정도로 주인 노릇을 하고 있다.

Grand Canyon of Yellowstone의 Lower Falls와 Upper Falls에 들렀다. 요란한 소리와 함께 폭포에서 흘러내리는 Yellowstone강의 환상적인 모습 반대쪽으로는, 화가의 팔레트처럼 보이는 Artist Point 계곡이 펼쳐져 있다.

Tower Roosebelt에 있는 Mammoth Corrals에서 말을 타고, 3명의 가이드와 함께 Sage 들판을 1시간가량 돌았다. 숲속으로 들어가는 기분은, 걸어서 트레킹 할 때와는 또 다른 맛이다.

수억 년 전 바다이었을 때 수생식물이었던 세이지는, 육생식물로 변하여 이곳을 가득 메우고 있다. 말 위에 높이 앉아 방울뱀의 두려움을 잊은 채, 방충제와 허브로 사용되는 세이지 향을 즐겼다.

옐로스톤 북쪽에 있는 Mammoth Hot Springs에서 수백 개의 계단을 오르며 지하수의 흐름에 따라, 소멸과 생성을 반복하고 있는 Mammoth Terrace를 돌아보았다. 온천이 있는 Al bright 방문자 센터에서는, 관광객들이 야생동물들의 여유로운 발걸음을 기다려주며 천천히 움직인다.

루스벨트 대통령이 제안한 'For the Benefit and Enjoyment of the People'이 새겨져 있는 북쪽 입구를 나와, 몬타나주의 Butte KOA로 향하였다. 20일 만에 7천 마일을 넘긴 애마의 오일 체인지와 타이어 로테이션을, 뉴욕의 반값 정도인 49불로 안전 점검까지 하였다. 대기실에서 따끈한 커피와 팝콘 등을 즐기며 이메일을 확인하다 보니, 금세 1시간이 지나갔다.

Glacier National Park, MT

글레이셔 국립공원

수천 년 동안 빙하가 깎아 만든 700여 개의 호수와 빙하로 뒤덮인 Glacier 국립공원은, 해마다 2백만 이상의 방문객이 찾는다. 세계에서 가장 아름다운 Going-to-the-Sun Rd 주위로는 장엄한 설산이 끊임없이 나타난다.

여름에만 문을 여는 이 도로는 강설량에 따라 초가을에 폐쇄된다. 2012년 6월 23일과 2016년 9월 21일에 방문하여, 빙하호와 계단식 폭포 그리고 숲속으로 들어가 경이로운 대자연 트레일을 하였다.

옐로스톤을 나와 Flathead Lake의 호반도시 Lakeside에 잠시 멈추어 평온한 풍경을 즐겼다. 비가 예보되어 Whitefish KOA에 텐트를 캐빈으로 바꾸려 했으나, 전화를 안 받는다. 48시간 전에 취소하면 10불만 받고 그 이후에는 하룻밤 사용료를 가져간다.

빙하공원 입구에서 5분 거리의 West Glacier KOA에 들러 본사와 통화를 하였지만, 개인 소유이기에 도움을 줄 수 없다 한다. 38불을 날리게 된 사정을 알게 된 주인이 90불짜리 캐빈을 45불에 내주었다.

아름다운 채석 조약돌과 호수면에 비친 설산이 비경을 만들고 있는 공원 초입의 McDonald Lake에 들렀다. 빙하수가 들어오는 입구 쪽 트레일에서 사진을 찍고 있는데, 갑자기 숲속에서 사슴들이 뛰어나왔다.

커다란 사슴이 경계심 없이 다가오자, 무서움을 느껴 얼른 차에 올라, 남편을 밖에 둔 채 본능적으로 차문을 잠그었다. 그 사건으로 자신만 살자고 남편을 버린 믿지 못할 아내로, 그리고 사슴을 무서워하는 겁쟁이로 두고두고 놀림을 당했다.

Avalanche Lake Trail 중, 제일 짧은 0.6마일의 Johns Lake 트레일에서 더 큰 사슴이 나타나, 남편 뒤로 숨었다. 조금 더 깊숙이 들어가 1마일의 Trail of Cedars를 걸으며, 뒤틀린 삼나무들의 기이한 모습으로 작품이 된 형상들을 돌아보았다.

Highline 트레일에서 희귀한 야생화들을 따라 걷다가, 계곡물이 많이 불었으니 홍수에 대비하라는 경고판을 보고 되돌아 나왔다. Logan Pass에서는 아예 창문을 열고 차가운 비바람으로 손이 얼얼해질 때까지, 웅장한 빙하공원을 카메라에 담았다.

6월 방문시 Logan Pass 정상에 이르자 길 양쪽으로 10ft가 넘는 눈벽이 나타났다. 9월 중순에 로간패스 정상에 있는 Hidden Lake 트레일에 들어섰으나, 짙은 구름과 굵은 비로 돌아 나와 St. Mary로 내려갔다.

줄기차게 내리는 빗속 캠핑의 어려움을 이해한 St. Mary의 KOA는 예외적으로 선불금 38불 전액을 돌려주었다. 캐나다 입국수속을 간단히 끝내고, 캘거리 공항 근처 Acclaim Hotel을, 약간의 시간을 들여 흥정한 끝에 73불에 잡았다. 모처럼 호텔에서 캠핑 생활의 먼지들을 씻어내며, 남편의 머리도 깎고, 빨래도 하며 안락의자에서 둘만의 해피타임을 가졌다.

Calgary to Enterprise, Canada

캘거리에서 엔터프라이즈까지

캐나다 북부에 생필품을 공급하는 Alberta주의 주도 Edmonton을 지나 High Prairie에서 일박하고, 가끔씩 울렁거림이 느껴지는 거친 길을 온종일 달렸다. 4만여 명의 인구를 가진 Northwest Territories는 캐나다 3개 준주의 하나이며, 주도는 Yellowknife로 2만여 명이 살고 있다. 재정의 70%를 중앙정부에 의존하고 있어 수십 년째 Providence로 승격되지 못하고 있다.

High Prairie와 옐로나이프 사이에는 도시들이 너무 작아 숙박시설이 없을 것으로 보여, 11시간 동안 1,100km를 달렸다. 그러나 막상 와 보니, 하이프레리에서 2시간여 더 올라와 High Level에서 묵었더라면, 좀 더 편안한 여행이 되었을 것이다.

3천여 명이 살고 있는 하이레벨에는 숙박시설과 마켓, 소박한 박물관도 있다. 옐로나이프까지는 한번 주유로 갈 수 없기에, 이곳에서 가득 채우고 Enterprise에서 다시 주유해야 한다. 주민이 100명도 안 되는 작은 마을 엔터프라이즈에는 모텔조차도 없어, 편의점에 딸린 주유소를 놓치지 않아야 한다.

노랗게 물든 자작나무 숲을 지나며, 고속도로를 가로막는 바이슨도 만나고, 풀을 뜯고 있는 흑곰 앞에서는, 창문을 내려 야생의 모습을 카메라에 담았다. 청룡열차처럼 출렁거리며 달리면서, 춤추듯 빠르게 움직이는 특이한 북극 구름도 함께 감상하였다. 남편이 졸지 않도록, 동요, 찬송가, 팝송 등을 다 동원하였다.

어쩌다 나타나는 차량이 반가운 이곳에서, 제한속도 110km/h를 110mile/h로 착각한 척, 남편이 200km/h 주행의 소원을 풀었다. 도로는 포장되어 있지만, 얼고 녹기가 반복되어 Pothole과 Loose Gravel이 많다. 식사를 해결할 곳이 없어 아침 점심은 미리 준비하였다.

Yellowknife, Northwest Territories

옐로나이프, 오로라와 함께 춤을…

Jenny's Guest House의 제니 부부는 북경 출신으로 자폐증이 있는 아들과 함께 2년 전에 이곳에 왔다. 개인 주택의 2층 방 3개와 아래층 방에, 손님들을 들이고 2층에는 공용 부엌과 목욕탕이 있다.

1박에 조식 포함 100불 정도로, 오로라 때문에 방문객들이 많아져 늘 만실이다. 예쁘고 친절한 40대 제니는 2층 부엌 냉장고에 달걀, 베이컨, 우유 등을 가득 채워 놓는 넉넉함으로, 짧은 기간에 자리잡았다.

옆방에 묵었던 싱가포르에서 온 한인 아가씨는, 휴가로 이곳까지 날아와 2박을 하였는데, 첫날은 비가 와서 오로라를 볼 수 없었다. 둘째 날은 오로라 빌리지 투어 시작시간보다 오로라가 일찍 나타나는 바람에, 못 보고 그냥 돌아갔다.

가이드와 함께 오로라 빌리지에 들어가, 하얀 텐트에서 추위도 피하며 오로라를 볼 수 있다. 그러나 자동차가 있는 우리는 240불의 오로라 투어비를 아끼기 위해 주차장에서 보기로 했다.

첫날밤 9시에 Prosperous Lake 공원 보트 런칭 주차장에서 기다리다, 장거리를 달려온 피로에 잠이 들어버렸다. 빗소리에 깨어보니 밤 11시, 오로라는 비구름으로 볼 수 없었다. 다음날 실시간 확인을 해보니, 새벽 4시경 오로라가 있었다.

박물관에서 북극의 신비로움을 맛본 후, 주의사당을 찾았다. 안내직원이 많은 사람들이 이주할 수 있도록 소개해 달라며, DVD와 배지를 선물로 주었다. 숙소에서 걸어서 5분 거리의 유일한 한국식당 Korea House의 12불짜리 불고기 백반은, 비록 일회용 그릇에 담아 나왔지만 맛은 일품이었다.

오로라는 불빛으로부터 멀리 떨어질수록 더 또렷하게 보인다. 공항 앞 3번 도로에서, Ingraham Trail을 만나 10여 분 정도 달려 어젯밤 장소로 갔다. 칠흑같은 어둠 속에서, 차 좌석을 젖히고 비스듬히 누워 기다렸다.

8시가 조금 지나자, 하늘의 양 끝을 잇는 하얀 벨벳 선이 은하수를 가로지르며 나타나, 무대 커튼처럼 옆으로 퍼진다. 초록색과 주황색이 강한 오로라는 드넓은 하늘을 무대로 천천히 종횡무진 춤을 춘다.

장면이 바뀔 때마다, 저절로 탄성이 터져 나오며 엄청난 감동이 온몸을 적셔왔다. 수천 마일을 달려온 피로가 기쁨과 환희로 바뀌는 감격적인 순간이었다. 밤 10시쯤 오로라는 몰려드는 구름에 가려져 더 이상 볼 수 없었다.

Aurora는 태양에서 방출되는 Plasma 입자가 지구 대기권 상층부의 자기장과 마찰하여 빛을 내는 현상이다. 지구 자기장에 이끌려 대기로 진입하는 전자 또는 양성자가 내는 빛을 북극에서는 Northern Lights, 남극에서는 남극광이라 부른다. 목성, 토성, 화성에도 오로라 현상이 있다.

지구를 둘러싸고 있는 이온층에 플라즈마 입자들이 충전되면, 우주방사능을 막아준다. 많은 플라즈마가 순간적으로 활동하면, 위성 통신과 우주정거장의 우주인 등에 좋지 않은 영향을 미치기도 한다.

Alaska Highway

알래스카 하이웨이

엔터프라이즈로 내려와 이 지역의 유일한 주유소에서 가솔린을 채웠다. 주민들의 만남의 장소인 편의점에서는 원주민 가족들이 식사를 하고 있었다. 우회전하여 Ft. Nelson으로 바로 가면 하룻길이 절약되나, 어젯밤 비로 600여km의 비포장 길이 위험할 수 있어, 3일 전에 올라왔던 Peace River 길을 택하였다.

어젯밤 이곳에서 오로라를 보았다는 주민이 'Explore Canada's Arctic'이라 쓰여진 번호판을 건네며, 뉴욕에서 여기까지 온 것을 축하해 준다. 답례로 린트 리무버를 주고 당신을 기억하겠다며 허그하고 헤어졌다. 북극곰 모양의 흰색 번호판은 지금도 서재에서 캐나다 북극의 아름다운 추억을 상기시켜 준다.

남쪽으로 하루종일 달려, 굽이쳐 흐르는 강가의 아름다운 마을 Peace River에 도착하였다. 강물 높이의 아랫마을과 언덕 위 윗마을에, 호텔과 주유소 등이 균형있게 배치되어 있다. 캐나다 북극으로 가는 길과 알래스카로 가는 갈림길에 있는 피스 리버는, 온통 자작나무의 화사한 단풍에 싸여있다.

Dunvegan Alberta 주립공원에서 황금다리를 건너, 634km를 달려 Fort Nelson Sunrise Inn을 찾아갔으나 문이 닫혀있다. 비수기에 들어서자 작은 호텔은 문을 닫고, 다음 해 봄까지 긴 휴가에 들어간 것이다. 근처의 호텔 Super 8으로 들어가 전화를 빌려, 예약 사이트와 실랑이 끝에 보상금으로 100불 쿠폰을 받았다.

필리핀계 예쁜 매니저가 우리를 매우 반기며, 저쪽에 예약되었던 값으로 스위트룸을 주었다. 집을 나선 지 28일 동안 16,000km를 달려와, 주방과 세탁기가 있는 호텔에서 빨래도 하고, 모처럼 편하게 식사준비를 할 수 있었다.

1942년 미군이 건설한 알래스카 하이웨이는 Dawson Creek에서 알래스카 Delta Junction까지 2,232km를 이어주는 화물수송용 군사도로이다. 전화가 터지지 않는 곳이 많은 이 길에는, 항상 연료를 채우고 팟홀을 조심하라는 주의사항이 적힌 간판만 있다.

YOU ARE NOW ENTERING THE
WORLD FAMOUS
ALASKA HIGHWAY
DAWSON CREEK B.C.
ALBERTA
POOL
ELEVATORS LTD
DAWSON CREEK
ART GALLERY

오지 유콘에는 주유소와 모텔을 운영하는 아시아계 사람들이 눈에 띄었다. Todo River Lodge에서는 캐나디언 남편과 필리핀계 부인 그리고 한국 드라마를 좋아하는 예쁜 딸이, 천장을 캡모자로 가득 채운 가게를 운영하고 있다. 사람이 적은 곳에서 많이 외로울 것 같으나, 검은 머리 모녀의 표정은 매우 밝았다.

유콘의 깊은 계곡과 가을 단풍을 감상하며, 가끔씩 나타나는 야생동물에게 인사를 건넸다. 산의 색깔이 구리처럼 보이는 Stone Mountain 아래 상가에는, 산에서 발견된 Copper Nugget를 전시해 놓고 방문객들의 호기심을 자극한다.

Ft. Nelson에서 6시간 반 만에 Watson Lake에 도착하여, Sign Post Forest를 찾았다. 1942년 병원에서 수술 후 회복을 기다리던 한 미군병사가, 고향을 그리며 일리노이주의 Danville이, 이곳에서 2,835마일 거리에 있다는 사인을 세웠다. 그 소문에 10만여 개의 차량 번호판 등이 모여져, 숲처럼 장관을 이루고 있다. 알래스카의 Tok까지 600km를 달리는 중에 Kluane 국립공원의 가파른 산허리를 질주하는 하얀 양떼들이 보였다.

Wrangell-St. Elias National Park, AK

랭겔 국립공원, 대륙의 왕관

알래스카에 들어서자 1번 도로는 2번 도로가 되고 시차로 1시간을 벌었다. 가을빛은 다 사라지고 자작나무의 쓸쓸한 빈 가지들만 보인다. 나무 위에서는 흰머리 독수리가 뼈와 가죽만 남아있는 야생동물의 사체를 내려다보고 있다.

주민 1천여 명의 작은 도시 Tok의 비포장 마을 길 좌우에는 울타리처럼 전나무들이 일직선으로 빽빽하게 들어차있다. Booking.com으로 캠프장을 예약하고 한 달쯤 뒤에 캠프장에 직접 전화해 보니, 너무 추워 문을 닫는다고 한다.

예약금을 환불받고 추가로 30불을 보상받아, Moose Berry Inn에 109불로 묵으며, 홈메이드 Hot food로 아침식사를 하였다. 3일 동안 달린 알래스카 하이웨이는 조금 위험하고 때로는 지루한 구간도 있으나, 평생 한 번쯤은 가볼 만한 길이다.

Glen Highway를 달리다가 설산이 반영된 호수에서 유유히 헤엄치고 있는 백조의 울음소리를 처음 들었다. 대륙의 왕관이라 부르는 Wrangell-St. Elias 국립공원의 Noyes 만년설산이, 머리 위에 둥근테를 두른 신기한 모습을 하고 있다.

랭겔은 미국의 62개 국립공원 중 면적이 가장 넓은 공원이다. 북쪽에 Slana와 서쪽 Chitna에 Ranger Station이 있고, Copper Center와 공원 중심부 Kennecott에 방문자 센터가 있다. 케니코트는 구리광산을 관광지로 개발한 랭겔의 명소이다.

쿠퍼 방문자 센터는 북위 66.3도의 북극선에는 못 미치지만, 북극여행 깃발을 단 한국 단체팀이 짧은 트레일로 랭겔의 위용을 감상하는 곳이다. 우리는 이곳을 2006년 단체여행, 2014년 자유여행, 2016년 대륙횡단으로 세 번 방문하였다.

RT-8 & Alaska Pipeline

디날리 하이웨이, 생사의 갈림길

George Parks Highway A-4 의 Cantwell에서 Richardson Highway A-2 의 Paxson을 연결하는 135마일의 디날리 하이웨이에 들어섰다. 태고의 아름다움을 간직하고 있는 이곳에, 위장복 차림의 사냥꾼들이 곳곳에 포진하고 있다.

망원경으로 덤불 속의 움직임을 관찰하던 그들은 정조준으로 최후의 한 발을 노린다. 캠퍼 옆에 전리품으로 놓여있는 caribou의 우아한 녹각을 보며, 사냥 시즌이 빨리 지나가기를 숨죽이고 기다리는 야생동물의 초조함을 맛보았다. 알래스카에서는 매년 1만여 마리의 야생 순록이 사냥으로 희생된다.

4번 도로로 조금 북상하여 신비로운 레인보우 산을 감상한 후, 알래스카 하이웨이의 종점 Delta Junction을 지나 Fairbanks의 Alaska Heritage에 도착하였다. 밤 11시에 Alaska Pipeline Viewing Point에서 운 좋게 오로라의 대향연을 볼 수 있었다.

골드러쉬가 일던 1900년대에 빈티지 스타일로 기품있게 지어진 숙소는, 그 당시에 2천여 불로 거래되었다. 지금은 B&B로 투숙객을 받고 있는 이곳에서, 이틀 밤에 조식 포함 170불에 묵었다. 상냥하고 예쁜 아가씨가 우리가 원하는 시간에 따뜻한 아침식사를 만들어 은쟁반에 담아냈다.

1867년 러시아로부터 알래스카를 매입한 지 100년 만에 북쪽의 Prudhoe Bay에서 매장량 96억 배럴의 북미 최대 유전이 발견되었다. 1968년 ARCO와 BP 등이 주축이 된 TAP Trans-Alaska Pipeline System은, 유전에서 남쪽의 Valdez를 연결하는 80억 불의 파이프 라인 건설을 추진한다.

Sumitomo Metal과 Nippon Steel 등 일본의 철강회사들은, 길이 100피트 지름 48인치의 스테인리스 파이프 등 1.3억 불 어치를 주문받아 2년여 만에 선적한다. 1973년 제1차 석유파동을 겪으며, 1977년 800마일의 Alaska Pipeline이 완공된다.

1979년부터 시작된 제2차 오일쇼크 기간 중 1988년에는 미국 생산량의 25%까지 공급하였다. 하루 200만 배럴의 원유 수송이 가능한 송유관을 통해, 지금도 미국 생산량의 17%에 해당하는 검은 황금이 흐르고 있다.

1에이커에 2센트의 헐값으로 알래스카를 720만 불에 구입한 Seward 국무장관은, 한동안 정적들로부터 세계에서 가장 큰 아이스 박스를 샀다는 비난을 받았다. 그러나 유전의 혜택으로, 알래스카 주민들은 매년 최대 1인당 2,500불의 Grant를 받고 있다.

Dalton Highway, Arctic Circle

달튼 하이웨이, 북극으로 가는 길

Dalton Highway는 볼리비아 죽음의 길 North Yungas Rd와 아프가니스탄의 Jalalabad-Kabul Rd에 이어, 세계에서 세 번째로 위험한 도로이다. 이 길은 페어뱅크스 Elliott Highway에서, 북해의 Deadhorse까지 417마일을 연결하여 준다. 렌트카 회사는 비포장 부분이 많은 이곳의 운행에 제한을 둔다.

페어뱅크스 북쪽 200마일에 있는 북극선을 넘어, 북극을 밟아보는 왕복 9시간의 대장정에 올랐다. 2015년 지구 최북단도시 Longyearbyen에서의 북위 81도의 북극 모습을 그려보며, 자동차로 북극을 향해 달리는 기분을 느끼고 싶었던 것이다.

Circle이라는 안내판을 따라 10여 분 진행하였으나 차의 방향이 달라 지도를 보니, 그곳은 Arctic Circle이 아니라 Circle이라는 다른 마을이었다. 차를 돌려 달튼 하이웨이가 시작되는 지점으로 갔다.

지붕만 있는 간이시설에 우편함이 모여있고, 옆 공터에는 이동식 도서관 버스가 있는 작은 마을을 지났다. AK-2로 70여 마일 북상하자, James Dalton Highway라는 표지판이 나타나며 도로명이 AK-11로 바뀐다.

광활한 벌판 위에 은색의 오일 파이프라인이 길잡이 하듯, 옆으로 함께 지나가다 땅속으로 숨기도 하며 포장과 비포장도로가 반복된다. 파이프라인을 건설할 때 자재를 나르던 거친 길이, 지금은 북극으로 가는 탐험길이 되었다. 뷰포인트에서 교환 학사로 조지아주에 와 있는 중국 젊은이 5명을 만났다. 중국어를 가르치다 북극을 찾은 교사 중, 숙명여대에서 교환 학생으로 한국어를 배웠다는 활달한 아가씨가 유창한 한국말로 말을 건넨다.

9월 30일에 문을 닫는 유콘강 건너 왼쪽 Yukon River Camp에서 운영하는 주유소에 들렀다. 10월 1일 토요일 주말 장사를 위해 하루 더 문을 여는 바람에 운 좋게 주유할 수 있었다. 가솔린을 얻은 안도감에 비싼 요금이 조금도 거슬리지 않았다.

깊은 계곡과 높은 산을 넘나들며 가솔린이 평소보다 빨리 줄었다. 이곳에서 주유하지 못하였더라면, 북극선에서 60마일 북쪽 Coldfoot까지 가야 한다. 그렇게 되면 250여 마일 남쪽에 있는 페어뱅크스까지, 왕복 12시간 이상의 고된 일정이 된다.

서리가 하얗게 앉아있는 관목들과 구름 사이로 뚫린 천상의 길을 지났다. 곤두박질치며 까마득한 계곡 아래로 내려갈 때는 아예 눈을 감았다. 영화 〈Grease〉에서 젊은이들이 탄 두 자동차가 서로 마주 보고 질주하는 치킨게임이 생각났다. 남편은 자신이 영화의 주인공이나 된 것처럼, 저쪽에서 시속 80마일로 내려오는 트럭과 마주치는 장면을 연출하였다.

페어뱅크스에서 200여 마일 떨어진 Arctic Circle에 도착하여, 북극의 쌀쌀한 바람을 느껴보았다. 주차장에서 샌드위치로 점심을 해결한 10여 명의 단체관광팀과 인사를 나누며, 안내판을 배경으로 서로 인생사진을 찍었다.

프랑스에서 시베리아를 관통하여, 페리로 알래스카와 뉴욕을 거쳐 파리로 돌아가는 아버지와 아들을 만났다. Porsche 외관에 그려놓은 여행노선과 차 위에 장착된 스페어 타이어를 보며, 그들의 세계여행에 대한 자부심과 열정에 찬사를 보냈다.

페어뱅크스로 돌아오는 길에, 도로가 파손된 지역을 지나면서 우리 애마는 진흙으로 머드팩을 하고 말았다. 대형 트럭들이 전속력으로 달리며 길바닥의 자갈 탄환을 쏘아대는 바람에, 앞 유리창 몇 곳에 수정처럼 반짝이는 상처가 났다. 유리창에 흠집이 나는 일이 많아, 모두들 영광의 상처쯤으로 여긴다. 트럭이 나타나면 서행하거나 정차하여 유리창 파손을 최소화할 수 있다.

Haines

헤인즈, 알래스카의 숨은 비경

이제부터는 집으로 가까워지는 여행이 된다는 생각에, 온몸에 엔돌핀이 퍼지며 가슴이 뭉클해 왔다. 이곳이 너무 좋아 이메일 주소에도 fairbanks를 넣어 사용하고 있지만, 손주들이 눈에 밟혀 발걸음을 재촉하였다.

페어뱅크스에서 델타 정션으로 가는 길 선상에, Knotty Shop 앞에 기형이 된 나무로 만든 동물이 보였다. Tok을 거쳐 남쪽으로 492마일을 달려, Haines Junction 사거리 Alcan Motor Inn에서 하룻밤 묵고 헤인즈로 향하였다.

Kathleen Lake로 들어가는 중에, 스페인 청년 넷이 이 추운 산중에서 자고 일어나 텐트를 접고 있다. 호숫가 대피소에 아가씨가 지펴놓은 장작난로가 생각나 그들을 불러 몸을 녹이게 하고 그곳을 나왔다. 148마일의 헤인즈로 가는 길에는 설산과 호수가 신비로운 풍경을 만든다.

3,500여 마리의 흰머리 독수리가 서식하고 있는 Chilkat Bald Eagle Preserve에서, 황금빛 아스팬 나무 사이를 날아다니는 멋진 독수리를 감상하였다. 130불에 예약한 Hotel Halsingland의 이층방은 발을 움직일 때마다 삐그덕 소리가 났고, 조식은 거의 시늉만 낸 수준이다.

헤인즈의 명소인 Chilkoot 호수로 올라가는 강에서 갈매기와 독수리들이 포식을 하고 있다. 숲속 캠프장에서는 많은 캠퍼들이 며칠씩 머물며 카누와 낚시를 즐긴다. 새끼 두 마리를 거느린 어미곰이 하루 두 차례 이 강에 나와 연어를 잡아먹는다.

사진을 팔아 남미여행을 끝내고 북미로 올라와, 9개월째 여행 중인 브라질 커플이 손수 개조하여 만든 캠핑카 내부를 보여준다. 그가 찍은 연어를 입에 문 곰 사진을 보고 더 머물고 싶었지만, 강태공이 낚아올린 연어를 손질하는 것을 보는 것으로 만족해야 했다. 지역적으로 동떨어져 있어 자동차 여행이 아니면 오기 쉽지 않은 곳이지만, 다시 가고픈 충분한 이유가 있는 매력적인 곳이다.

Whitehorse, Yukon & Skagway, AK

화이트호스와 스캐그웨이

Northwest, Nunavut 등과 함께 캐나다의 3대 Territories인 Yukon 준주에는 3만여 명이 살고 있다. Whitehorse의 도로는 주 승격 시 다시 도시 계획을 하지 않아도 될 만큼 쭉 뻗어 있었고, 식당들과 대형 슈퍼마켓도 눈에 많이 띄었다.

Sales Tax가 없고 소득세도 최저 수준인 주도 화이트호스에는 2만여 명이 모여 산다. 주민들에게 Grant를 지급하는 18개 First Nation 중 하나로, First Canadian Nation이 투자한 인근 금광에서 금맥이 발견되어 보조금을 받는다.

화이트호스 외곽에 있는 Kaleido Lodge는 일본 여행사의 펜션으로, 알래스카로 올라갈 때 묵었던 Ravensong보다 운치가 있었다. 공항에서 일본 관광객들을 픽업한 직원들은, 앞마당에 모닥불과 의자 쿠션까지 준비하여 오로라 관람을 돕는다. 4명의 남녀 젊은이들은 6개월마다 교대하며 돈도 벌고 오로라도 구경한다.

오로라가 나타나는 곳은 극점에서 1,500km 외곽으로, 건조하고 추운 날씨에 더 선명하게 나타난다. 이런 조건을 갖추고 있는 곳이 옐로나이프, 화이트호스, 페어뱅크스, 아이슬란드 등이다.

Skagway로 가는 100마일의 길은 마치 다른 행성에 와 있는 분위기로 환상 그 자체이었다. 전 세계에 흩어져 살고 있는 500만 마리의 순록 중, 유콘과 알래스카 내륙의 툰드라에 사는 100만 마리의 순록 떼들이 매년 가을에 지나가는 Caribou Crossing 공원을 찾았다.

수만 마리씩 떼를 이루어, 눈 덮인 침엽수림과 가파른 산을 넘고 얼음강을 지나, 알래스카 연안 저지대에 도착한다. 그곳에서 황새풀을 뜯어 먹으며 새끼를 낳아 다시 이곳을 지나, 북극의 툰드라로 돌아간다.

키 34-62인치 몸무게 355-400파운드로 사슴과 순록속인 카리부는, 유라시아 순록과 산림 순록으로 나뉜다. 순록은 사슴과의 동물 중 유일하게 가축화에 성공한 동물로, 사슴 녹용 수요가 증가하자 최근 들어 순록의 뿔이 대용으로 쓰이기도 한다. 농장에서 길러진 순록은 매년 2만여 마리가 박제와 가죽 그리고 고기로 사용된다.

남쪽으로 조금 더 내려가, Caribou Crossing에서 유래된 Carcross에 들렀다. 기차역이 있는 이 마을의 유일한 St. Saviour's Church는 마을 역사와 함께한다. 아직 상수도 시설이 없는 이곳에서는, 물탱크차가 가정마다 돌며 물을 공급한다.

하이웨이 양 옆에는 눈이 쌓였을 때, 도로의 위치를 알려주는 긴 폴들이 설치되어 있다. 어느 것들은 도로가 좁아 깎아내린 절벽에 박아놓았다. 알래스카의 주도인 Juneau는 육로가 없어, 스캐그웨이에서 페리를 이용하여야 한다.

시간마다 출발하는 페리도, 10월에는 하루 2편으로 줄어들어 주노에 들어가보는 기회를 놓쳤다. 철로의 눈을 불어내는 프로펠러가 달린 빨간 기관차 앞에서 관광객들이 인증사진을 찍는다. 리뷰를 보고 기차로 야생의 신비로운 모습을 보는 투어를 찾았으나, 계절이 늦어 다음 기회로 미루었다.

골드러시가 한창이던 1900년, 유콘 카크로스에서 연인원 3만여 명이, 발파용 화약과 조잡한 연장으로 110마일의 선로 건설에 투입된다. 그들은 혹독한 기상조건과 위험한 지형 속에서 2년 만에 '세계의 아름다운 철도'를 만들었다.

여행객들은 빈티지 열차를 타고 빙하, 강철 교각, 멋진 터널이 선사하는 숨막히는 전경을 체험한다. 매년 5월에서 9월 사이에, 스캐그웨이를 출발하여 Fraser까지 기차로 28마일을 이동하여, 버스로 카크로스를 거쳐 화이트호스에 도착한다.

이곳에서 벌목을 하거나 먹거리를 채취하는 사람들은, 소변통을 들고 다닌다. 자연환경이 잘 보존된 것은, 그런 주민들의 우직한 사고방식 때문일 것이다. 스캐그웨이 항구는 100여 년 전에 비해 상당히 안쪽으로 들어와 있다. 태평양 지판이 서해안을 들어올려, 이 항구도 옛날 포구자리가 육지로 변한 것이다.

White Pass

Ghost Town Hyder, AK

하이더 유령마을

Watson Lake를 지나, Jade City에 들러 옥 가공 공장을 둘러보았다. Dease Lake에 도착하여, 전직 여성 경찰관이 운영하는 Arctic Divide Inn에 묵었다. 윗층에는 서너 개의 객실과 주방시설이 있고, 아래층 뒤편은 주인의 생활공간이다.

동물 박제와 곰가죽으로 장식한 로비에서, 오랜만에 장작불 난로 앞 소파에 앉아 야생에 관한 잡지들을 보며 주인과 대화를 나누었다. 캘거리에 나가 살다가 6개월 된 아기와 함께 돌아온 그녀로부터, 이곳에 대한 산 정보를 얻을 수 있었다.

이곳 운전자들은 별로 바쁘지 않은 오지에서 과속하지 않아, 몇 명 안되는 경찰들은 Domestic Violence 단속에 주력한다. 월 2천여 불의 사회보장연금은, 술과 마약, 도박게임 등에 쉽게 빠지게 만들어 가정폭력이 자주 발생한다.

알래스카는 1741년 러시아 표트르 1세의 의뢰를 받은 덴마크 탐험가 비투스 베링에 의해 발견되어, 러시아 제국의 영토가 되었다. 1784년에 러시아 모피 사냥꾼이 코디액섬에 최초의 유럽인 정착지를 건설했다.

러시아인들이 태평양 해안을 따라 남하하면서 주노의 남쪽까지 차지하자, 캐나다도 세력을 확장하여 알래스카를 위협한다. 그러자 흑해 크림 전쟁으로 재정난에 허덕이던 러시아는 한 푼이라도 건져보겠다는 판단으로, 헐값에 알래스카를 미국에 팔았다.

그 바람에 캐나다와의 영토분쟁 없이 미국 땅이 되어버린 알래스카 남쪽 땅끝마을 Hyder에 들렀다. 하이더는 육로로 연결되어 있으나, 알래스카 다른 지역과 떨어져있어, 주민들은 국경 너머 캐나다 스튜어트라는 도시에 의지하여 산다.

1920년 230여 명으로 시작된 이 마을은, 점점 인구가 줄어 2010년 이후에는 87명 이하로 줄었다. 따라서 캐나다 달러를 사용하고 아이들도 캐나다 학교에 다닌다. 스퀘어 마일 당 5명도 안되는 인구 밀도로 유령 마을The friendliest Ghost Town이라 불린다.

1867년 720만 달러에 사들인 땅에서 1880~1890년대에 4천만 달러어치의 금과 철광석이 채굴되면서, 미국인의 정착이 크게 늘어났다. 1912년 준주가 된 알래스카는 1959년 49번째 주가 되었다.

러시아로부터 푼돈으로 사들인 이 땅은, 석유와 관광수입으로 메릴랜드와 뉴저지에 이어 미국에서 가장 잘 사는 주가 되었다. 1977년 알래스카 횡단 송유관이 개설된 이래 석유 생산은 텍사스에 이어 2위이다. 노동인력의 3분의 1이 정부기관에 고용되어 있다.

Forests for the World, Prince George, Canada

세계의 숲에서 만난 여유로운 사람들

디스 레이크에서 하이더를 거쳐 800km를 내려와 Smithers 민박집에 도착하였다. 신발을 벗고 여러 나라 인사말이 적혀있는 계단으로 올라갔다. 마침 캠핑과 스키 시즌 사이의 비수기이어서 2층의 깨끗한 주방과 거실을 전용으로 사용할 수 있었다.

주인은 주택 건설 현장에서 일하며 배운 기술로 훌륭한 민박집을 만들었다. 쾌적한 거실에는 한 번뿐인 짧은 인생 행복하게 살라며 Dillydally하지 말라는 액자가 걸려있다. 딜리델리는 '시간을 허비하다'라는 뜻이다.

Prince George에 도착하여, Forests for the World를 찾았다. 거창한 이름과는 달리 Northern British Columbia 대학에서 관리하는 소박한 산책로이다. 눈 덮인 울창한 전나무 숲 사이로 호수를 돌며, 화이트호스에서 온 커플과 잠시 대화를 나누었다.

주차장에 돌아오니, 뽀얗게 먼지가 쌓여있는 차에, Happy Anniversary와 하트가 그려져있다. 잠깐의 대화 속에 결혼 40주년 기념 북미대륙 자동차여행 중이라 했는데, 그 말을 기억하고 축하해 준 그 친구들의 여유로움과 유머가 부러웠다.

로키산맥을 넘기 전에 타이어를 로테이션하고, 눈발이 날리는 산길을 넘자, 노란 단풍과 진초록 전나무가 전개된다. 태평양에서 800km를 올라온 연어들이, 높은 턱과 강한 물살에 기진하여 산란하는 Rearguard 폭포 앞에서 잠시 쉬었다.

MOUNT
ROBSON
PARK

미국의 원주민 부족들이 American Nation을 만들고 자체 대통령을 선출한 것처럼, 캐나다 원주민들은 First Nation을 세웠다. 도시에서는 위원장을 뽑고, 인구가 적은 지방에서는 추장을 선출한다.

추운 계절이 길어서인지 유콘을 관통하여 내려오는 동안 트레일러에 실려 운반되는 집들이 많이 보였다. 오래된 마을이 철거된 곳에, 새로 들여온 나무집들이 레고처럼 조립되고 있었다.

Jasper와 Banff 국립공원이 가까워지자, Mt. Robson이 하늘 높이 걸려있는 랍슨공원이 나타났다. 이 산의 해발 높이는 3,950m에 불과하지만 주위가 낮아, 캐나다 로키산맥에서 가장 뛰어나게 높은 산으로 보인다.

한반도의 45배 크기의 캐나다 인구는 3천 8백여만 명이다. 국경을 따라 약 300㎞의 띠 모양으로 뻗어 있는 지역의 밴쿠버, 토론토, 몬트리올과 수도인 오타와 등 주요 도시에 집중되어 살고 있다. 2016년 집계된 인종별 분포는 영국계 45%, 프랑스 14%, 아시아 11%, 원주민 4% 등이다.

G7 중 하나로 낮은 범죄율과 완벽한 사회보장제도를 갖춘 캐나다는, 스위스에 이어 세계에서 가장 살기 좋은 나라로 이민자들이 꾸준히 늘어나고 있다. 농업, 임업 등 1차산업의 발달로 밀 생산은 미국에 이어 세계 2위이며, 모든 생활권이 미국에 속해 있어 생산과 소비가 호환되고 있다.

Jasper National Park

재스퍼 국립공원

재스퍼와 밴프 국립공원에서 3일 동안 머물 수 있는 입장료 50불을 지불하고 Medicine Lake로 향하였다. 여름에는 빙하가 녹은 옥색의 물로 호수가 가득 차지만, 10월부터 봄까지는 지하동굴로 물이 빠져나가 구불구불한 개천과 조그만 연못들만 남는다. 원주민들은 이 현상이 Big Medicine에 의한 것이라 믿어, 메디슨 호수라 불렀다.

산에서 내려온 Big Horn 무리 중, 정찰대로 보이는 네 마리가 차를 막아선다. 운전자가 차에서 내리자, 조금 물러나는 듯하던 산양들이 다시 달려든다. 본대 수십 마리가 달려와 우리 차를 에워싸고 먹을 것을 찾는다. 먹을 것을 주지 않자 차를 들이받으며 한참 동안 서성거린다.

하얀 설산과 눈이 살포시 앉아있는 전나무숲을 바라보며 Maligne Lake까지 들어갔으나, 눈이 너무 많이 쌓여있어 되돌아 나왔다. 숙박비가 저렴한 재스퍼 국립공원 동쪽 30분 거리의 Hinton에서 하룻밤을 묵었다.

세 번째 방문하는 Jasper는, 올 때마다 새로운 조형물들로 변신을 거듭한다. 김치 하우스에서 불고기와 된장찌개로 오랜만에 개운한 식사를 하고, Jasper Skytram에 올랐다.

해발 2,263m의 Upper Tram Station에 내려, 강풍으로 피리 소리가 나고 있는 산 정상을 돌아보았다. 10월 초의 이곳은 섭씨 −5도의 추운 날씨로 얼음과 눈으로 덮여있었고, 간간이 바람에 흩어지는 구름 사이로 재스퍼 시내가 보였다.

뒤쪽으로 200m를 완만하게 오르는 해발 2,470m의 Whistler Summit 트레일을 하려 했으나, 폐쇄되어 갈 수 없었다. 2010년 밴쿠버 동계 올림픽 경기가 있었던 이곳은, 헬기로 정상에 올라 설원을 타고 내려오는 Heli-Skiing으로 유명하다.

물 색깔이 유난히 아름다운 Athabasca 폭포에 들렀다. 폭포수에 깎아져 좁은 계곡이 된 옛 폭포자리가 지각변동으로 솟아올라, 기암괴석의 운치있는 트레일이 되어 있다. 93번 도로로 10분 정도 더 내려가 굉음을 내며 쏟아지고 있는 Sunwapta 폭포를 찾았다. Athabasca 빙하에서 발원한 이 폭포의 트레일은 매우 미끄러웠다.

Ice Field Parkway 선상에서 염소들이 길을 가로막아 한참 기다리다, 차들이 많이 밀려 염소를 피해 왼쪽 하행선으로 들어섰다. 갑자기 대형 관광버스가 나타나는 바람에, 다시 오른쪽 상행선으로 급하게 핸들을 틀어 피했다. 하행하던 버스도 많이 놀랐는지 조금 정차하였다가 출발하는 모습이 백미러에 보였다.

바로 100m를 올라가 전망대에서 바라본 Ice Field Parkway는 환상적이었다. 산 정상에 성곽과 창문틀 등이 형성되어 있어, 우리 나름대로 캐슬 마운틴이라 이름 지었다. Castle Mountain은 밴프 국립공원 안에 따로 존재한다.

Banff National Park

밴프 국립공원, 북미의 샹그릴라

오후 5시경 재스퍼와 밴프 국립공원 사이에 있는 Columbia Ice Field에 도착하여, 마지막 설상차를 타고 Athabasca 빙하로 갔다. 지구 온난화로 매년 20m가량 짧아지고 있는 빙하에서 10년 전에는 빙하수를 담아 여행 중에 마셨는데, 이번에는 조금 오염된 것 같아 접었다.

히브리 문자로 자연 'Nature'과 하나님 'God'의 음가는 똑같이 완전 숫자인 40이다. 그런 이유로 자연을 찾아 끝없이 여행을 떠나는 것은 아닐까? Banff는 한 직원이 자신의 출생지를 새 도시 이름 공모에 써낸 것이 채택된 것이다.

세계 모피시장의 중심지 밴프에는, 수백 년 전통의 Fairmont Banff Springs 호텔과 세계에서 두 번째로 생긴 Fairmont Banff Springs 골프코스가 있다. 영화 〈닥터 지바고〉에서 시베리아의 눈보라를 헤치며, 사랑하는 연인을 찾아가는 장면이 촬영된 밴프 기차역은 꼭 돌아볼 만한 곳이다.

마릴린 먼로가 주연했던 영화 〈돌아오지 않는 강〉의 배경 Bow 폭포를 돌아보고, Minnewannka 호수에서 핑크색으로 변하고 있는 일출을 감상하였다. Johnston Canyon 트레일을 따라 Lower Falls까지 올라가는 잔도 주위로, 노란 이끼와 기이한 형상의 나무들이 나타났다.

빙하가 떠밀고 내려온 바위와 모래가 물길을 막아 형성된 Moraine Lake를 찾았다. 반 마일의 트레일을 오르니, 설산을 병풍 삼은 에메랄드색의 모레인 호수가 발아래 펼쳐졌다.

왕복 5km의 트레일을 따라, 세계 10대 경관 Lake Louise의 상류로 올라갔다. 10월 중순인데도 루이스 호수 끝은 눈과 얼음으로 덮인 한겨울이었다. 물 위에 떠 있는 호텔과 눈 속에 피어있는 노란 야생화가 한 폭의 그림으로 다가왔다.

세 번째 방문 만에 루이스 호수를 제대로 감상하고, 야생동물 생태 통로가 있는 하이웨이에 들어섰다. 곳곳에 주변 경관과 어울리게 설치된 아치 형태의 육교들이 또 하나의 진풍경을 만든다.

요호 국립공원의 Emerald Lake는 빙퇴석이 강물의 흐름을 막아 생긴 호수로, 주위의 높은 산과 푸른 침엽수에 싸여있어 아득한 멋을 풍긴다. 맑은 호수에 반영된 설산을 배경으로 체조선수 아가씨가 난간 위에서 포즈를 취한다.

키킹호스강이 암반을 뚫어 생긴 Natural Bridge에서는 폭포수가 굉음을 내며 힘차게 쏟아져 내린다. 다리 표면이 살짝 얼어 미끄러운 길을 한 젊은이가 겁없이 다가가 내 마음을 졸이게 하였다.

Vancouver

밴쿠버, 북미의 하와이

캐나다 Glacier 국립공원의 Rogers Pass Garden에서 Hemlock Grove Boardwalk을 30분 정도 산책한 후, Mt. Revelstoke 국립공원에 들렀다. 태평양의 습한 바람이 로키산맥을 넘으며 높이 솟아올라, 이 지점에 집중적으로 떨어져 울창한 거대 삼나무 군락을 만들었다. 깊은 원시림 속에 자리잡은 Giant Cedar Boardwalk을 걸으며, 한번 더 삼림욕을 즐겼다.

Revelstoke KOA에서 리셉션을 보던 여주인이 한국분이냐 물으며 반가워하기에, 넓게 자리잡고 있는 캠핑장의 시세를 물어보았다. 아이가 셋인 젊은 부부가 오지 생활이 조금 지루했는지, 우리를 구매자로 오해하여 다음 날 밴쿠버 부동산에서 전화가 왔다.

로키산맥을 거의 벗어나는 지점에 아름다운 마을 Kamloops의 지그재그 길을 따라, 송어 낚시로 유명한 호수로 내려가 보았다. 밴쿠버까지 420km를 하이웨이 대신 1번 Scenic Highway로 들어섰으나, 낙석으로 길이 막혀, Ashcroft에 들렀다.

은퇴 교사인 향토 사학자를 만나, 100여 년 전 철도를 건설할 때 들어와 정착한 중국인 이야기를 들었다. 중국인 묘지는 대부분 이장되었으나, 아직도 명절에 찾아오는 후손들이 있다고 한다.

세계 최대 구리 회사인 Highland Valley Copper 광산에서는 갱도를 파는 대신 지표에서 광석을 캐는 Open-Pit Mine으로 온 광산이 계단식 밭처럼 되어 있다. 모암을 가루로 파쇄하여 순도 99.9%의 구리판을 만든다.

토론토 몬트리올과 더불어 캐나다의 3대 도시인 밴쿠버는 세계 4대 미항의 하나로, 북미에서 가장 살기 좋은 곳으로 뽑힌다. 영국의 시사주간지 EIU에서 선정한 세계에서 가장 살기 좋은 도시 1위는 호주 멜버른, 2위는 오스트리아 빈, 3위는 밴쿠버이다.

홍콩의 중국 반환시, 1만 명이 넘는 중국계 홍콩인이 밴쿠버로 이주하여 홍쿠버라고 불리기도 한다. 17,000명 이상의 중국계가 거주하는 이곳에는 세계에서 세 번째로 큰 차이나타운이 있다.

하얏트 호텔에서 이틀을 묵으며, 대학 동문인 조카딸과 H-Mart에서 함께 장도 보고, 한인 식당에서 막창 볶음요리도 먹었다. 상규가 애틀랜타에서 로스쿨을 다닐 때, 방이 비어 나리가 우리 집에서 머물며 유학 기반을 만들어 대학을 졸업하였다.

한국에 돌아가 결혼하고 세 아이를 낳은 언니 대신, 자기가 왔어야 했다며 이민의 큰 꿈을 이야기한다. 생활이 많이 힘든지 울먹이는 지원이와 함께 미국으로 건너올까 했으나, 여건상 어쩔 수 없었고 젊었을 때의 고생이 앞으로의 인생에 약이 될 듯싶어 꾹 참았다. 밴쿠버에서 Soulmate를 만나 4년 뒤인 2020년 9월 19일 첫아들 우진이를 낳았다.

뉴욕을 출발하여 45일 동안 캐나다의 10개 주 중 7개 주와 3개 준주 중 Northwest와 Yukon을 거쳐 알래스카 북극선까지 북미대륙을 횡단하여 16,000마일을 달렸다.

후반 45일은 태평양 해안선을 따라 San Diego까지 내려가 멕시코만을 지나, Florida Key West에서 대서양을 따라 북상한다.

Tioga Bridge, OR

90일간의
북미대륙횡단 ②
해안선으로
돌아본 미국

North Cascades NP, WA

노스 캐스케이즈 국립공원

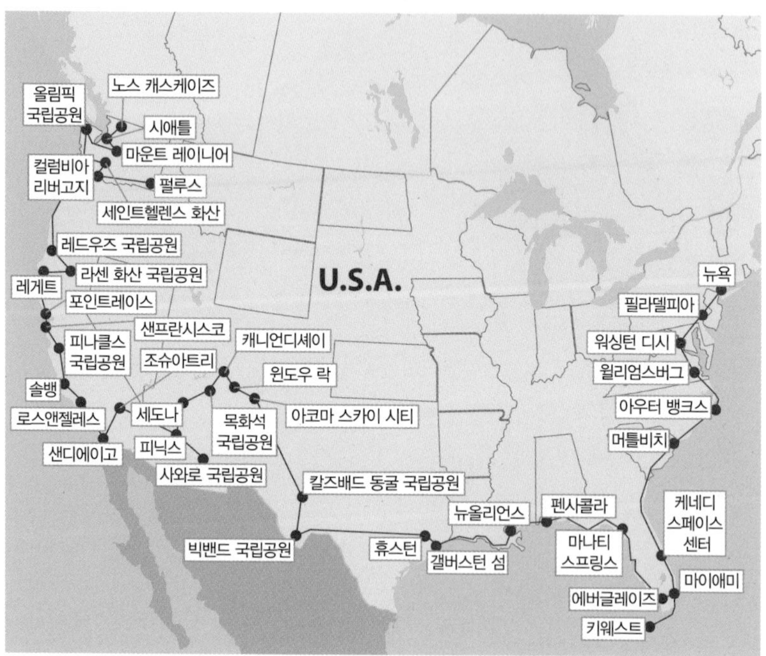

2016년 10월 15일 밴쿠버에서 45일 동안의 북미대륙 횡단을 마치고, 1번 도로 동쪽 Abbotsford에서 국경을 넘었다. 교통 체증과 출입국 수속 시간을 절약하기 위해, 고속도로 대신 한적한 시골길을 택한 것이다. 도로표지에 km가 mile로 변한 것 말고는 달라진 것이 없는데, 미국으로 들어서니 마음이 고향에 온 것처럼 편해졌다.

후반 45일 동안 해안선을 따라 돌아보는 미국여행은 워싱턴주 North Cascades 국립공원에서 시작되었다. 북미대륙의 알프스라 불리는 이 공원은, 300여 개의 빙하와 높이 200ft가 넘는 레드우드 원시림으로 태고의 모습을 간직하고 있다. Washington Pass의 Scenic Highway 주변으로 신비로운 풍경이 전개된다.

화려한 모습으로 가을을 표현하고 있는 황홀한 비경에, 달리는 시간보다 정차하는 시간이 길어졌다. 에메랄드빛의 Ross Lake를 감상한 후 Diablo Dam을 찾았다. 지난번 방문에는 거센 비로 제대로 구경하지 못해 널널한 일정으로 다시 왔으나, 출입문이 잠겨 들어갈 수 없었다.

국립공원을 관통하다 만난 벌목장은 출입금지 구역이었으나, 일꾼들이 보이지 않아 끝까지 조심조심 들어갔다. 숲속에는 수많은 그루터기가 단풍들과 어울려 한 폭의 풍경을 만들고 있었다. 한쪽에는 벌목 규정의 하나로 묘목들이 심어져 있었다.

매년 2백만여 명이 찾는 Leavenworth는 남부 독일풍의 파인 스타일의 건축물과 독일 맥주를 함께 서빙하는 식당과 넛크래커 박물관이 있는 곳이다. 2천여 명의 주민이 살고있는 캐스케이드산맥 아래 이 작은 마을은, 주위의 스키장과 와이너리로 통하는 관문으로 젊은이들이 눈에 많이 띄었다.

예약된 캠핑장에 도착하자 강풍과 함께 장대비가 쏟아지기 시작하였다. 도저히 텐트를 칠 수 없어 캐빈으로 바꾸려하자, 직원이 캐빈 값의 모텔을 쉽게 찾을 수 있으니, 추운 날씨에 고생하지 말라며 지불된 캠핑료를 환불해 주었다.

Seattle & Mt. Rainier National Park

시애틀과 레이니어 국립공원

Seattle에서 수륙양용 Ride the Ducks of Seattle 투어를 하는 동안, 신호에 설 때마다 차에서 나오는 음악에 시민들이 흥겹게 춤을 추며 손을 흔든다. 비가 많이 내려 우울증에 빠진 사람들이 많다는 이야기와는 조금 달라 보였다.

보트로 변한 오리차는 시애틀 앞 바닷속으로 들어가 마천루를 보여준다. 빈민가가 연상되는 수상가옥과는 달리 이곳은 대부분 멋진 별장들이었다. 1시간 30분 만에 다시 돌아와 곳곳에 예술 조각품이 설치된 시내를 돌아보았다.

4천 년 전부터 원주민들이 살았던 시애틀은, 1853년 이 지역에 살던 추장의 이름 '시애틀'로 명명되었다. 70만여 명이 살고 있는 아시아 무역의 주요 관문으로, 대도시권의 인구는 360만 명이다.

시애틀은 워싱턴주의 거대한 숲에서 벌채된 나무를 통해 목재와 종이산업으로 번창하였다. 그 저력으로 항공 우주 산업의 핵심인 보잉을 비롯하여 마이크로소프트와 아마존, 스타벅스 등이 탄생하였다.

Mt. Rainier 국립공원은 해발 14,000ft의 만년설산으로 한여름에도 스키를 즐길 수 있는 시애틀의 명산이다. 가는 길에 Elbe에서 기차 객실을 개조한 Hobo Inn과 고철로 만든 야외 박물관 'Recycled Spirits of Iron'을 돌아보았다.

2012년 6월에는 스키를 즐기는 사람들과 함께 눈을 밟으며 설원을 한 바퀴 돌아보았다. Narada Falls에서 노출된 나무뿌리를 계단으로 만든 트레일을 돌면서, 폭포에 걸쳐있는 무지개와 야생화를 감상하였다.

이번 2016년 10월에는 Paradise Point로 올라가는 길만 열려 있다. 스노우타이어나 체인을 하라는 안내 표지를 보면서도, 짙푸른 전나무와 노란 단풍이 화사한 이 날씨에 설마 하며 그냥 올라가다가 갑작스런 눈보라를 만났다.

고도가 높아질수록 눈이 쌓이기 시작하여 그냥 돌아갔으면 했지만, 남편에 이끌려 초긴장을 하면서 올라갔다. 눈에 묻힌 방문자 센터에는 들어가지도 못하고, 설국으로 변해버린 위험한 길을 기어서 내려왔다.

Humptulips Salmon Hatchery에서는 강에서 연어들을 끌어들여 산란 부화 후, 저수지에서 크기별로 구분하여 기르고 있다. 101 N로 조금 올라가 Quinault 양식장에 들렀다. 그곳에서는 송어과였던 Steel Head가 연어의 한 종으로 새롭게 분류되었음을 소개하고 있었다.

Olympic National Park

올림픽 국립공원

Port Angeles는 상점 앞 도로까지 예쁘게 꾸며져 있는 아름다운 항구도시다. 해가 떠오르면서 핑크빛으로 변하는 바다를 보며, 조각품들이 가득한 도시를 한 바퀴 돌아보고, 올림픽 국립공원으로 향하였다.

이른 아침 Hurricane Ridge에서 산맥을 타고 넘는 운해를 감상하였다. 이슬이 영롱하게 맺힌 들꽃을 지나치면, 차를 돌려 카메라에 담았다.

Hurricane Hill에 올라, 신선한 공기를 마시며 짧은 트레일을 돌았다. 하얀 들꽃이 화사한 Elwha Valley 호숫가에서 사슴들이 아침식사를 한다.

Forks Timber Museum에는 국립공원으로 지정되기 전부터 무궁무진한 나무로 이곳을 풍요롭게 하였던 역사가 오롯이 보존되어 있다. 올림픽산에 의지하여 사는 주민들의 메일 박스조차도 범상치 않아 보였다. Salmon Cascades의 작은 폭포들이, 마치 수많은 연어들이 폭포를 거슬러 올라가는 모습을 연출한다. Sol Duc Hot Spring에는 피부병 환자들이 머물며 치료하는 숙박시설도 있다.

Hoh Rain Forest의 울창한 산림과 나무에 이끼들이 길게 드리워져 긴 수염처럼 보였다. 1마일의 모세 트레일을 나와 Spruce Trail을 걸었다. 하늘로 솟아오른 나무들이 빽빽하게 들어서 있는 숲에는, 이끼 식물들도 공생한다. 2016년 10월에는 허리케인으로 도로가 폐쇄되어 입구에서 돌아 나왔다.

높이 178ft, 지름 19.4ft로 세계에서 가장 큰 붉은 삼나무인 Duncan Memorial Cedar Tree를 찾았다. 비포장 길을 10마일 정도 들어가니, 숲속에 은색의 마천루가 나타났다. 새싹이 돋아나와 아직도 건재함을 보여주고 있는 Duncan Cedar는, 머리 위로 무지개 왕관을 쓰고 신비로운 모습을 하고 있다.

높이 191ft, 둘레 59ft, 1천 년 된 세계에서 가장 큰 가문비나무를 보기 위해 물구덩이를 피하며 한참을 걸어 들어갔다. 폭우로 잠긴 Rain forest 리조트 한편에 서 있는 가문비나무는, 따뜻한 기온으로 건강하게 자라고 있었다.

21번 도로를 만나 북쪽으로 들어가, 예전에 원주민들이 주거지로 사용하던 Big Sitka Spruce Tree를 찾았다. 2016년에 다시 가보니, 며칠 전의 강풍에 나무의 절반이 갈라져 쓰러져 있다.

Ruby Beach는 태평양 연안 해안 50마일을 1마일 정도의 넓이로 구획하여, 올림픽 국립공원에 포함시킨 해변이다. 2012년 우리의 대륙횡단 반환점이 되었던 해변가에 원목들이 산더미처럼 쌓여있었다. 사진을 찍고 있는데, 갑자기 파도가 덮쳐 운동화에 물이 들어왔다. “나 태평양 바닷물에 발 담갔다~~~ 27년 만에….”

Mt. St. Helens National Volcanic Monument

세인트 헬렌스 국립화산기념지

2016년 10월 중순, 1983년과 2012년에 이어 세 번째로 Mt. St. Helens 국립화산기념지를 찾았다. 남쪽 입구로 1마일쯤 전진하자, 화산폭발 지점의 반대 방향으로 쓰러져 있는 수백만 그루의 나무들이 나타났다.

화산 폭발의 위력으로 부러진 나무들이 호수를 가득 채우고 있다. 4년 만에 수만 마일을 달려 다시 찾은 남편은, 1983년 출장길에 홀로 갔을 때의 인상이 너무 강렬하여, 이 광경을 꼭 보여주고 싶었다고 한다.

2012년 6월 말에는 동쪽 입구가 눈으로 막혀 서쪽 입구로 갔으나, 폭풍에 꺾인 나무들이 Spirit 호수를 가득 메웠던 모습은 볼 수 없었다. 북쪽 Johnston Ridge 관측소에서는 산봉우리가 1/3쯤 떨어져나간 분출 현장만 보였다.

시애틀 남쪽 110마일 지점에 있는 이 화산은 옐로스톤 국립공원과 함께 미국에서 가장 유명한 화산이다. 영국의 외교관 세인트 헬렌스 경의 이름을 딴 이 화산은 캐스케이드 화산호 Cascade Volcanic Arc 의 대표적인 활화산이다.

세인트 헬렌스는 2천여 년 전부터 하부 압력이 누적되어 마그마가 지표를 들어올리며 Cryptodome을 이루었다. 크립토돔에는 압력이 방출될 화도가 발달하지 않아, 지진과 화산이 부풀어 오르며 가스와 스팀이 분출된다.

1980년 불안정한 상부암석층 아래 마그마가 오랜 세월 누적한 에너지를 단숨에 내뿜었다. 정상부 1,200ft와 북쪽 측면 전체가 무너져 내리면서, 돌과 흙 그리고 물이 함께 터져나오는 격렬한 폭발이 일어났다.

고열의 화쇄난류 pyroclastic surge 는 아름드리 고목들을 이쑤시개 넘어뜨리듯 쓰러뜨렸다. 수 마일 거리의 잘 자란 나무들을 그 열기로 말려 죽인 화쇄난류는 호수와 강물을 순식간에 폭발하듯 기화시켰고, 화산재는 12마일 상공까지 솟아올랐다.

화산 폭발 후, 카터 대통령이 5백만 그루의 나무를 심은 덕에, 말라버린 나무들 사이로 어린나무들이 제법 자라 다시 숲을 이루고 있다. 스피릿 호수에는 아직도 36년 전의 그 처참한 모습을 상기시키는 원목들이 뗏목처럼 떠 있다.

이 화산 폭발로 희생된 57명 중에는 스피릿 호수에서 50년 동안 숙박업을 했던 83세의 트루맨 할아버지가 있다. 평생을 함께 살아온 Edna가 묻혀있는 이곳을 떠날 수 없다며 버티다가, 몇 년 전에 먼저 떠난 아내 곁으로 갔다.

30세의 Volcanologist인 Johnston는 관측소가 있는 Coldwater II에 머물며 1980년 5월 18일의 마지막 순간을 무전으로 기록에 남겼다. Johnston Ridge Observatory에 이름을 남겨, 세인트 헬렌스와 함께한 그의 넋을 위로하고 있다.

Columbia River Gorge, OR

컬럼비아 리버고지

50년 전에 세검정 계곡에서 발 담그고 놀았던 절친을 30여 년 만에 만나, 가게 문 닫은 후 안채에서 통연어 구이를 먹으며 회포를 풀었다. 밀린 이야기를 밤새도록 나누고 싶었지만, 만만치 않은 일정 때문에 다음 기회로 미루어야 했다. Oregon City에서 편의점을 운영하는 영자는 30대 중반에 남편과 사별한 후, 행복했던 3년의 신혼생활을 반추해가며 세 아들을 잘 키워낸 장한 친구이다.

떠날 준비를 하는데, 어머니께서 간식거리를 챙겨주신다. 1980년 1월 상은이 백일 때, 우리집에서 잔치 준비 하시다가 뇌경색으로 쓰러지시며 "지금부터 내가 긴 잠을 잘테니 놀라지 말고 행복하게 살아라" 하시며, 59세에 하늘나라로 가신 친정어머니 생각이 났다.

팔순이 훨씬 넘은 연세에 딸을 도와주고 계신 어머니께 내년에 다시 뵙기로 하고 길을 나섰다. 4년 뒤에 다시 뵌 구순의 어머니는 기력이 전만 못하셨다. 오래전에 신청해 놓은 노인 아파트가 나왔으나, 혼자 가게를 하는 딸이 걱정되어, 이사를 미루고 있었다. 3박 4일을 머물면서, 낮에는 오리건의 명소들을 돌아보고 저녁에 함께 시간을 보냈다.

1억 5천만 년 전 쥬라기 때 북미대륙에서 살았던 7종의 Sturgeon 중, 현존하고 있는 흰철갑상어와 녹색 철갑상어를 양식하여 보호, 관리하고 있는 Bonneville Hatchery에 들렀다. 길이 20ft로 1.8톤까지 성장하는 철갑상어는 컬럼비아강의 제왕이다.

미국에서 첫 번째로 지정된 Columbia River Gorge 국립풍경구를 찾았다. Bridal Veil 폭포와 Wahkeena 폭포 트레일에서, 우렁찬 폭포 소리를 들으며 야생화의 은은한 향기와 싱그러운 공기를 흠뻑 마셨다.

미국에서 가장 아름답다는 Multnomah 폭포에서는, 620ft의 2단 폭포가 만들어낸 물방울이 안개비를 만든다. 친구와 팔짱을 끼고 폭포 다리 위에서, 멀트노마 폭포의 엄청난 에너지를 함께 느껴보았다.

상단폭포 주변은 이끼와 야생화들이 풍성하게 자라 또 다른 비경을 만들어낸다. 영자의 초대로 폭포 입구에 있는 Multnomah Falls Lodge 레스토랑에 들어가 한참을 기다려 자리를 잡았다. 음식 맛은 두 달 가까이 스팸 감자국이 주메뉴이었던 캠핑족에겐 그야말로 꿀맛이었다.

11,245ft의 Mt. Hood 정상 부근에 있는 Mt. Hood Timberline Lodge를 찾았다. 그 옛날 열악한 연장으로 이렇게 크고 견고한 건물을 지었다니 믿어지지 않았다. 지하에는 스키 박물관과 캠핑 체험관도 있다.

Palouse Hill in Steptoe Butte, WA

펄루스 밀밭, 오리건의 역사

1792년 영국 탐험가 Vancouver 선장에 의해 조사가 이루어진 Oregon 지역에서는 영국과 미국의 모피상들이 원주민들과 활발히 교역하였다. 1810년 캐나다의 노스웨스트 회사는 Spokane House를 설립하고, 1811년 미국의 무역인 존 애스터는 Fort Okanogan을 건설하였다.

1820년부터 무역업자와 사냥꾼 그리고 선교사들이 모여들어 인구가 늘어나자, 1843년 미국은 오리건 지역을 Territory로 선포한다. 1846년 포크 대통령은 영국과 북위 49도선을 국경으로 하는 조약을 맺고 밴쿠버섬을 영국에 넘긴다.

1853년 인구에 비해 지역이 너무 방대한 오리건의 컬럼비아강 북쪽을 워싱턴 준주로 분리하고, 강남에 오리건 준주를 만든다. 1889년 Evergreen State로 불리는 워싱턴주는 Olympia를 주도로 미국의 42번째 주가 된다.

Steptoe Butte 주립공원에 도착하여, 작은 산을 천천히 오르며 Palouse 밀밭을 감상하였다. 워싱턴, 오리건, 아이다호주에 걸쳐있는 펄루스 밀밭은 광활한 평원과 구릉이 어우러져 있다. 봄부터 여름까지 여러 가지 색으로 수를 놓아 사진작가들의 출사지로 유명하다.

리드미컬한 언덕과 골짜기에 흩어져있는 농가들이 한 폭의 그림을 만들어낸다. 봄의 풍부한 비와 여름의 따가운 햇살로 수확을 거둔 벌판 위에, 쓸쓸해 보이는 밀밭의 민낯이 그동안 보아왔던 사진들과 오버랩되어 나름 멋진 풍경으로 다가왔다.

400여 마일을 달려 오리건 해안의 Ecola 주립공원을 돌아보고, Cape Meares의 어촌 마을에서 문어나무를 만났다. 600여 가구가 사는 Rockaway Beach에 들어서자, 굴껍질로 담벼락을 쌓은 진풍경이 보인다. 아치섬이 산더미 같은 파도를 견디며 비경을 만든다.

2009년에 행글라이더를 타고 66세의 나이에 저세상으로 간 paraglider Dick Gammon의 기념판 앞에 섰다. Gammon Launch라 명명된 이곳에서, 환상적인 일몰을 볼 수 있다지만, 며칠째 비가 계속 내렸다.

20대에 남편을 만나 배필을 찾는 일에서 해방되어, 미혼 친구들 짝지어 주는 일에 열심을 내었다. 성격이 적극적이지 못한 상기·일현 커플을 위해서는, 탁구게임에서 일부러 져주고 다시 도전하겠다며 만났다. 때로는 이겨서 둘이 만나 연습하라며, 데이트 기회를 만들어 주곤 하였다.

孔子의 사상 仁은 '인人'과 '이二'의 두 글자가 합한 것으로, 선善의 근원이 되고 행行의 기본이다. 가까운 사람부터 실행하라는 공자의 말씀대로, 여섯 커플을 시도하여 절반을 성공시켰다.

Redwoods National Park, CA

레드우즈 국립공원

오리건주의 Rogue-Umpqua Scenic Byway 선상의 환상적인 Tioga Bridge를 건너 가을비로 촉촉하게 젖어있는 North Umpqua 트레일에 들어섰다. 고즈넉한 분위기 속에 시냇물 소리를 들으며, 몸 속 깊이 파고드는 삼림의 부드럽고 강한 기운을 느꼈다.

Crater Lake 국립공원의 북쪽 입구를 찾지 못하여, 한참을 돌아 서쪽 방문자 센터로 들어갔다. 높이 쌓인 눈으로 호수 접근이 불가능하여, 먼발치에서 희미하게 보이는 호수 가운데 섬만 바라보았다.

농산물 검사를 받고 캘리포니아로 넘어와 Battery Point Light House 앞에서, 방파제를 치고 넘어와 흩어지는 파도를 감상하였다. 이 등대를 배경으로 Susan Fletcher는 〈Walk Across the Sea, 2001〉라는 역사 소설을 썼고, Colleen Coble은 〈The Light keeper's Daughter, 2010〉라는 로맨스 소설을 출간하였다.

1968년에 조성된 Redwoods 국립공원에는 Jedediah Smith, Del Norte Coast, Prairie Creek Redwoods 등 3개의 주립공원이 있다. 레드우드 처녀림이 있는 Foothill 트레일을 1시간가량 거닐다, 키 304ft, 둘레 68ft, 수령 1,500년쯤 되는 Big Tree를 만났다. 풍성한 이끼로 신비로움을 간직한 채, 흙으로 돌아가는 고목들도 보였다.

주황색 육교를 건너 1마일의 루프식 Lady Bird Johnson Grove 트레일을 걸었다. 1969년 닉슨 대통령은 환경운동가였던 전임 대통령 존슨의 부인을 기념하여, 이곳을 Lady Bird Johnson Grove로 헌정하였다.

레드우드 숲을 지나 Elk Meadow에 들렀다. 엘크는 키 56~68인치 몸무게 650~830파운드로 사슴과에 속하는 동물 중에 가장 크다. 춥고 먹이가 부족한 북쪽에는 순록이 많고, 먹이가 풍부한 남쪽으로 내려올수록 엘크가 많이 보였다.

Lassen 화산 국립공원은, 1914년부터 1921년까지 300여 번 분출한 활화산이다. 눈이 많이 오는 이곳은 10월부터 6월까지 도로가 폐쇄된다. 방문자 센터까지는 접근할 수 있었으나, 모든 트레일이 폐쇄되어 돌아 나왔다.

CHANDELIER TREE

Pacific Coast Highway

태평양연안 1번도로

Pacific Coast Hwy는 캘리포니아의 북쪽 끝 Leggett에서 남쪽 끝 San Diego까지, 태평양 연안을 따라 655마일의 해안선을 연결하는 1번 도로이다. 레게트에 있는 Drive Thru Tree를 찾아, 건강하게 살아있는 나무터널을 통과해 보았다. 미니 SUV가 지나갈 만큼 큰 구멍이 뚫렸는데도, 높이 315ft, 지름 21ft의 Chandelier Tree는 2400여 년 동안 주위를 넉넉히 품고 있다.

5분쯤 해안으로 내려오니, 1번 도로의 끝이라는 도로표지와 이 길과 연결되는 북쪽 오리건주 도로는 101번이라는 안내표지가 보였다. San Diego에서 시작된 도로는 'Speed limit 25, Chains required'인 10여 마일의 숲속 동굴 같은 길을 달려 끝이 난다.

Mendocino Headlands 주립공원 바위섬 앞에서 맹렬한 파도와 휘몰아치는 소용돌이를 감상하였다. 거센 바람에 바다로 빨려 들어갈 것 같아 벌찌감치 떨어져, 바위 언덕 끝에서 나를 부르는 남편의 손짓을 애써 못 본 척하였다.

모질게 휘몰아치는 파도는 볼품없었던 바위를 다듬어, 멋진 Natural Bridge를 만들었다. 위협적인 비바람에도 담이 큰 사람들이 다리 위를 걷는다. 얼마 전만 해도 손목을 잡고 저 위에 올라가자 할 남편이, 나이 들면서 겁이 많아졌는지 고맙게도 내 손짓에 돌아 나왔다.

Point Arena Light House South 트레일 절벽 위에 파란 지붕의 하얀 등대가 보인다. 낚시터 앞 식당에 들러, 따뜻한 크램 차우더로 몸을 녹이며 바다의 맛을 즐겼다. Gleason Beach에 강풍으로 무너져 내린 언덕 위 바닷가 집들이 보였다.

굴 양식장이 보이는 Point Reyes 해안가 Tony Restaurant에서 Grilled Oyster를 주문하자, 턱수염이 멋진 토니가 바로 불판에서 석화를 조리한다. 양식장에서 자연산처럼 자라서인지 싱싱하고 맛도 좋았다. 동네 어귀에서는 커스텀을 입은 어민들이 할로윈 퍼레이드를 즐기고 있었다.

포인트 레이스 국립해안공원에서 302개의 계단으로 내려가 등대 박물관을 찾았다. 빛과 소리로 배에 신호를 보냈던 등대 변천사를 돌아본 다음, 강한 바람을 등지고 쉽게 계단을 올라왔다.

South Beach로 내려가는 길에는 거센 바람에 꺾이지 않으려고 지표에 바싹 붙어, 언덕을 화려하게 뒤덮고 있는 야생화가 끝없이 펼쳐진다. Colombia에서 어학연수 온 커플이 프러포즈 세리머니로 인증사진을 부탁한다. 40여 년 전 청혼을 받았을 때 온 우주를 얻은 기분이 떠올라, 그들의 기쁨과 환희의 순간을 키스신으로 잡았다.

San Francisco & Solvang

샌프란시스코와 솔뱅

Marin Headlands를 찾아 Point Bonita Lighthouse 트레일 헤드에 주차하고, 등대로 향해 반 마일쯤 걸어갔다. 육중한 철문 앞에 토 일 월요일 12시 반에서 3시 반까지만 통로가 개방된다는 안내문을 보고 돌아 나왔다.

다른 곳을 먼저 들리기 위하여 주차장으로 내려가는 길에 카요리를 만났다. 꼬리를 내린 채 일정 거리를 유지하며, 먹이를 구걸하는 모습이 무섭다기보다는 배고픈 듯 보여 안쓰러웠다.

해안가로 내려와 자연학습 캠프장이 있는 Fort Cronkhite와 Rodeo Cove에서 시간을 보내다가 다시 등대로 올라갔다. 철문 안으로 들어서 118ft의 검은 동굴을 지나자, 환상적인 모습의 하얀 등대가 나타났다.

북극 달튼 하이웨이를 다녀온 70대 중반의 자원봉사자 할아버지를 만났다. 마주 오던 트럭이 튕겨낸 자갈에 캠퍼 앞 유리에 상처가 났던 이야기를 나누며 친구가 되어, 등대에 얽힌 많은 사연을 들을 수 있었다.

1848년 골드러시가 시작되면서 주민 900여 명의 작은 마을 샌프란시스코에는 300여 척의 배가 드나들었다. 잦은 해상 사고로 수천 명이 희생되자, 등대에서는 대포로 신호를 보냈다. 1855년 골드러시 절정기에 이곳은 인구 2만 5천여 명의 도시로 변했다. 1877년에 안개가 좀 더 옅은 지금의 위치로 옮긴 이 등대는, 사람이 작동하는 등대로는 캘리포니아의 마지막 남은 곳이다.

Marin Headlands의 Hawk Hill 트레일을 따라 산 정상에 올라, 손을 뻗으면 잡힐 듯 발아래 늘씬하게 뻗어있는 금문교를 바라보았다. 네 차례의 샌프란시스코 방문 끝에 비로소 우아하고 멋진 모습을 제대로 즐겼다.

Joseph Strauss가 설계하여 1937년 4년 만에 완공된 금문교는, 1989년 4천여 명의 사상자를 낸 강도 6.9의 샌프란시스코 대지진을 거뜬히 견뎌냈다. 이 도시의 랜드마크답게 믿음직스러운 모습을 하고 있다.

주차장에 차를 두고 터널과 계단을 밟아, 정상 뷰포인트에 올랐다. 2차 세계대전 시 일본군의 공습을 막기 위해 설치되었던 거대한 해안포 진지를 돌아보았다. 저 멀리 포인트 보니타 등대와 로데오 코브의 하얀 백사장이 보였다.

산타 크루즈를 거쳐 Salinas에서 일박하고 Pinnacles 국립공원에 들렀다. 2013년 오바마 대통령에 의하여 국립공원이 된 이곳은, 뾰족한 봉우리 pinnacle이 많아 그렇게 부르는 것 같았다. 조금 올라가 보았지만 볼만한 경치가 눈에 띄지 않아 내려왔다.

G16 시골길을 따라 Carmel Valley를 지나는 동안 노랗게 물든 포도밭의 아름다운 풍경에 빠져 여러 번 멈추었다.

Big Sur를 거쳐, San Siemon에서 바다코끼리들의 너부러져 있는 모습을 구경한 후, 솔뱅으로 가다가 옛이야기에 빠져 출구를 지나쳤다. 도시 입구에서 가솔린을 넣으려다, 출구를 놓치는 바람에 한참을 돌아가야 했다. 언덕을 내려갈 때 40마일 갈 수 있다는 연료 게이지가, 다시 언덕으로 올라가며 액셀을 밟자, 금세 10마일로 줄어든다. 겨우 주유소를 찾아 가까스로 위기를 면하였다.

솔뱅은 친구 부부가 토요일에도 일을 나가야 하기에, 주재원이었던 우리가 그들의 아이들과 함께 나들이 했던 추억의 장소이다. 잘 생기고 총명했던 큰 아들 하워드는 1994년 LA 대지진 때 희생당한 57명 중, 아버지와 함께 하늘나라로 갔기에 우리 모두에게 안타까운 사연으로 남아있다.

로스앤젤레스와 샌디에이고

산타바바라를 지나 레돈도 비치로 들어가는데, 명희로부터 카톡이 왔다. 필요한 물품 목록을 보내지 않으면, 자기 마음대로 사가지고 오겠다고 한다. 효원·명희 커플은 남은 일정 동안의 먹거리와 노잣돈까지 보태준 정 많은 친구이다.

우리의 중매로 탄생한 이 커플은 P제철에 다니다가 이민을 와, 잔디 기계 판매 수리를 하다가 가뭄으로 별 재미를 못 본다며 은퇴를 앞두고 있다. 고려정에서 고기를 구워 먹으며, 30여 년 만에 50년지기 친구와 회포를 풀었다.

섭이 조카 내외의 초대를 받아 레돈도 비치에서 나무망치로 게도 두들기고, 산 새우를 먹는 몬도가네 체험을 하였다. 조카며느리가 200불이 들어있는 아멕스 현금 카드와 인터넷쇼핑 회사에 납품하던 화장품 등을 선물로 주었다. 그것들을 지인들과 나눌 때마다 현명하고 알뜰한 영민이가 생각났다.

명철하고 멋진 명주씨의 안내로 Getty Center를 함께 방문하였다. 아기천사로 접근한 남정네가 화살을 날리며 아름다운 아가씨에게 구애하는 〈Young Girl Defending Herself against Eros, 1880〉가 인상적이었다. 지혜로운 그녀는 두 팔을 뻗어, 큐피드의 접근을 저지하며 미소짓는 얼굴로, 그의 진정한 목적이 무엇인지 꼼꼼히 살핀다.

각종 희귀 선인장과 특이한 식물들을 배치하여, 아름답게 조성해 놓은 정원을 돌며, 게티센터의 진수를 맛보았다. 전망대에서 LA 다운타운을 바라본 후, 박대감 식당으로 최주미 기자를 초대하여 점심식사를 하였다. 함께 있는 것만으로도 좋은 친구들과 행복한 시간을 보내고, 극진한 대접으로 사랑의 빚만 크게 지고 헤어졌다.

샌디에이고의 La Jolla Beach에 들러, 방파제를 넘나드는 산더미 같은 파도에 마음을 빼앗겼다. 트레일 바로 언덕 아래에서 가마우지와 펠리칸이 강풍을 피하며, 다음 비행을 준비한다. 라 호야 비치의 물개들은 요란한 파도에도 개념치 않고, 낮잠을 즐긴다.

1542년 미국 서부에 최초로 상륙한 포르투갈 탐험가 Juan Rodriguez Cabrillo를 기념하여 조성한 Cabrillo National Monument를 찾았다. 여정의 네 코너 중 세 번째인, 미국 서남부 코너 언덕에서 내려다본 샌디에이고 하버의 전경이 그림엽서처럼 다가왔다. Old Point Loma Lighthouse에 올라 1번 Pacific Coast Highway 종주를 마쳤다.

Palm Springs & Joshua Tree NP

팜 스프링스와 조슈아트리 국립공원

황량한 사막에 건설된 팜 스프링스를 내려다보기 위하여, Palm Springs Aerial Tramway를 탔다. 셔틀버스로 케이블카 정류장에 도착하여 산 정상에 오르자, 철구조물로 견고하게 지어진 건물 안에 카페와 매점 등이 보였다.

건조한 아래 사막과는 달리, 높은 바위산에는 아름드리나무들이 우거져 있다. 사막에서 습기를 빨아들인 공기가 밤이 되면서 이슬로 내려 나무들이 무성하게 자라고, 아래 사막의 불모지에서는 풍력 발전기들이 전기를 만들고 있다.

Mojave 사막에만 자생하는 Joshua 나무는 유카 중에서 가장 큰 종으로서 150년 동안 30ft 이상 자란다. 그 나무의 이름을 딴 Joshua Tree 국립공원은 다양한 야생 동식물과 기이한 암석을 볼 수 있는 명소로 매년 2백만 명 이상이 찾는다.

황량한 불모지로 보이는 사막이지만, 가까이 들여다보면 활짝 핀 야생화와 기이하게 몸을 비튼 조슈아 나무들이 다채로운 풍경을 연출한다. 30여 년 전 상은 상규와 왔을 때 남겨두었던 Barker Dam과 Hidden Valley 트레일을 돌았다.

암벽타기 동호회 피크닉 테이블에 푸짐한 먹거리가 보였다. 바위 뒤에 숨어, 기회를 엿보던 Coyote가 배고픔을 참지 못하고 접근하자, 족보 있어 보이는 반려견이 달려든다. 당연히 같은 개과의 야생 카요리가 이길 줄 알았는데, 비실거리며 꼬리가 빠지도록 도망친다.

공원을 거의 관통하자 Skull Rock이 나타났다. 해골 모양의 커다란 바위에서 미래에 대한 강렬한 메시지가 느껴왔다. 누구도 피해갈 수 없는 그 길이기에, 영생불멸할 수 있다는 사이비 종교가 기승을 부리는 듯싶다.

애리조나에 들어서자 손에 닿으면 잠시 따끔 하는 Cholla가 보이기 시작하였다. 아픔 뒤에, 환희의 초야가 연상되는 Cholla Cactus 정원을 돌며 아름다운 초야를 감상하였다.

늘씬한 자태의 Ocotillo가 옆에 서 있는 팔등신의 검은 드레스 아가씨를 초라하게 만든다. 애리조나의 상징인 오꼬띠요는 표피 속에 꽃 몽우리를 숨기고 있다가 비가 오면 수만 송이의 빨간 꽃을 피우는 신비로운 선인장이다.

Saguaro National Park, AZ

사와로 국립공원

Phoenix에 사는 중블방 친구 준용씨가 90일간의 북미대륙 횡단 일정을 보고, 아들 결혼하면 주려고 사놓은 빈 콘도를 내주었다. 식재료는 물론 싱싱한 과일과 고소미 등 간식까지 챙겨놓은 새집에서 3박 4일을 묵었다.

초밥이 무한 리필되는 식당을 두 번씩이나 들리며, Saguaro 국립공원도 함께 돌아보았다. 피닉스는 뉴욕 830만, LA 400만, 시카고 270만, 휴스턴 232만에 이어 인구 168만 명으로 미국에서 다섯 번째로 큰 도시이다.

영숙씨는 교포 1.5세로 정신 연령이 10세가 안 되는 60대 백인 남자와 20대 여자를 돌보고 있다. 생일에는 고깔모자에 케이크를 준비하여 파티도 해주며 함께 살고 있다. 부모형제도 포기한 사람들을 맡아 돌보는 일은, 사명의식 없이는 결코 할 수 없는 일이다.

Saguaro 국립공원과 Organ Pipe Cactus 국립기념지에는 150년 이상 사는 변경주 선인장사와로이 끝없이 펼쳐져 있다. 가장 큰 선인장은 매리코파의 'Champion Saguaro'로, 높이 45ft 둘레 10ft이다. 빗물을 흡수하여 가뭄을 견디는 이 선인장의 무게는 5,000파운드까지 나간다.

4월에서 6월 사이에 피는 하얀색 꽃은 오후에는 닫히고, 해가 진 이후에 피어난다. 주요 꽃가루 매개자는 꿀벌, 박쥐 등이다. 딱따구리, 제비 등 토착 조류가 둥지로 사용하기 위해 구멍을 파면, 사와로는 부상 입은 부위에 Callus 조직을 만들어낸다. 캘러스는 현지인들이 보관 용기로 사용한다.

힐라 딱따구리는 매번 새로운 구멍을 파서 산다. 이전의 구멍은 올빼미, 굴뚝새 등 다른 새들이 사용한다. 거주지 자재로 사용되는 사와로 나무 열매는 음식이 되며, 가시는 바늘과 수확 도구를 만드는 데 사용된다.

애리조나 주법에 따라 사와로 훼손은 불법이며, 주택 건축 시 옮기기 위해선 허가를 받아야 한다. 10에이커 이하의 개인 토지 내에서, 건설을 시작한 후에 생겨난 사와로는 제거할 수 있다. 선인장을 자르면 최고 3년 9개월의 중죄로 다스린다.

National Monuments nearby Sedona

세도나 근교의 숨은 명소

1100년경 Sinagua 원주민들이 400년 이상 살았던 Montezuma 국립기념지를 찾았다. 절벽 위 5층 건축물의 40여 개 방에서 생활하던 Sinagua 원주민들은, 강과 우거진 숲에서 사냥과 먹거리를 채취하였다.

그들은 자주 범람하는 Beaver Creek의 홍수를 피해, 90ft 절벽 위에 아파트 같은 집을 짓고, 맹수와 비를 피했다. Sheer Limestone 절벽 맨 아랫부분에는 진흙을 사용하여 만든 우물이 남아있다.

Montezuma Well은 나지막한 산 정상에 있는 Limestone 싱크홀에 생긴 호수이다. 주위 높은 산에서 지하 수로를 타고 이곳까지 온 지하수가 수십 마일을 지나, 상당한 높이로 솟아올라 호수를 만들었다.

넓이 368ft, 평균 55ft의 깊이를 유지하고 있는 호수 아래 시원한 그늘에는 1100년부터 300여 년간 살았던 시나구아 원주민들의 집터도 보였다. 조그만 개천을 통하여, 매일 1.4백만 갤런의 물이 빠져나간다.

그 때문에 썩지 않은 호숫물은 농사나, 가축용으로는 별 문제가 없다. 물 온도는 화씨 74도이나, 이산화탄소가 많아 물고기는 살지 못하고, 새우 같은 갑각류와 그것을 잡아먹는 거머리Leech가 살고 있다.

원주민들이 사방이 평원인 120ft 높이의 언덕에 집단 거주지를 짓고 살았던 Tuzigoot 국립기념지를 찾았다. 70여 개의 방이 있는 1층을 돌아보고, 사다리를 통해 2층과 3층으로 올라가니 110개의 방이 있는 견고한 돌집pueblo이 발아래 펼쳐졌다.

세도나의 외곽 Cottonwood에서 어린 남매를 둔 기자 출신 젊은 부부 앞마당 미니 캠퍼에서 하루 31불에 이틀을 묵었다. 조금 비좁았지만 애리조나 현지인들의 일상을 가까이에서 접해보는 귀한 시간이었다.

Sedona

세도나, 볼텍스의 천국

그랜드 캐니언에서 살던 일부 원주민들이 척박한 환경을 이기지 못하고, 남쪽으로 이주하여 물이 풍부하고 온화한 세도나를 발견한다. 세도나에 반한 그들은 '하나님은 그랜드 캐니언을 창조하였지만, 세도나에서 살았다 God created the Grand Canyon, but he lives in Sedona'는 말을 남겼다.

원주민 장로들은 먼 곳으로 떠나는 가족들에게 "영혼과 멀어지는 느낌이 들 때면 고향으로 돌아오라. 햇볕 따뜻한 바위에서 힘을 얻고, 부드럽게 흘러가는 시냇물에 상처와 슬픔을 씻어내라. 산에 머물며 다정한 친구처럼 손을 흔드는 나무로부터 지혜를 얻으라"라고 일렀다.

세도나의 세 번째 방문에서 차량당 6불의 입장료를 내고, Red Rock Crossing 주립공원으로 들어가 화보 속의 그림을 찾았다. 캔버스에 비경을 담고 있는 화가들과 함께 오크 크릭의 연못에 반영된 Cathedral Rock의 멋진 풍경을 감상하였다.

주위의 붉은 바위와 조화를 이루고 있는 Chapel of the Holy Cross 교회를 찾았다. 아름다운 초야 꽃을 감상하며 걸어올라, 나선형 출입구 끝에 있는 교회에서 우주 만물의 창조주에게 감사의 기도를 올렸다.

초자연 현상을 찾는 사람들은 2억 년 전 세도나에 생성된 붉은 지층의 주성분인 철이 전기적 파장 Vortex를 일으킨다고 주장한다. 그들은 전 세계 21곳 중 세도나에 있는 다섯 군데가 가장 효험이 있다고 믿으며, 볼텍스라는 영험한 자연의 기운을 통해, 예술적 혼과 영감을 얻는다. 뉴에이지 본부도 여기에 있다.

북경의 천단공원과 바로셀로나의 몬세렛 등에서도 볼텍스를 주장한다. 바위색이나 생긴 모양으로 보아, Airport Mesa가 기운의 중심지로 보여 그곳에 올라 한참을 보냈다. 2011년 방문시 1인당 200불을 들여 열기구를 타고, 세도나의 비경을 내려다보았기에 이번에는 생략하였다.

Meteor Crater Natural Landmark

애리조나 운석구

5만여 년 전 지금의 애리조나 Flagstaff 근처에 직경 50m의 운석이 떨어져 생성된 지름 1,200m 깊이 170m의 Meteor Crater를 찾았다. 운석의 충격으로 솟아오른 언덕 주위에는 커다란 바위 조각들이 당시 모습을 생생하게 보여준다.

G.K. Gilbert는 태평양 연안의 화산 분화구를 연구한 당대의 최고 지질학자이다. 구덩이 주위에서 운석 파편이 발견되었지만, 서쪽 30km 거리에 화산성의 샌프란시스코 산괴가 있기에 선사시대의 화산 활동에 의해 생긴 것으로 발표하였다.

1903년 이곳이 운석구임을 믿었던 광산기술자 Daniel Barringer는, 이 땅을 사들여 엄청난 운석을 채굴하였다. 그러나 절대적인 권위를 가지고 있었던 지질협회 수석연구원 길버트가 낸 결론을 뒤집을 순 없었다.

배링거 사후에 다른 탐사팀들의 보고서와 운석 등이 수집되어, 세계에서 원형이 가장 잘 보존된 운석구로 발표된다. 사유지로 National Monument가 될 수 없어, Natural Landmark로 지정되었다.

1960년 우주탐험이 한창일 때, 주위 환경이 달 표면과 비슷한 이곳에서 우주 비행사들이 훈련을 받았다. 철과 니켈이 주성분인 1톤짜리 운석이 방문자 센터 입구에 전시되어 있다.

운석구에 모든 것을 바친 배링거는 자손들에게 큰 선물을 남겼다. 그 후손들은 할아버지의 활동과 함께 운석에 관한 수많은 자료들을 전시해 놓고, 18불의 입장료로 짭짤한 수입을 올리고 있다.

45억 년 전 지구에 6천km의 행성 '테이아'가 충돌하여 지구 밖으로 탈출한 잔해들이 뭉쳐져 달이 형성되었다. 지구 역사 초기에 혜성의 충돌로 지구에 물이 생겼고, 충돌하는 천체가 유기 분자나 생명체를 지구 표면에 옮겨줬다는 汎種說 panspermia 도 설득력 있는 가설로 존재한다.

6천6백만 년 전 멕시코의 유카탄 반도에 직경 10km의 운석이 떨어져, 직경 180km 깊이 20km 칙술루브 크레이터가 생겼다. 이때 공룡과 생물의 75%가 멸종되어, 백악기-제3기 대멸종이라 불린다.

지름이 10m 이하인 천체를 유성체라 부르고, 땅에 떨어진 것이 운석이다. 매년 500여 개의 운석이 지상에 도달하지만, 발견되는 것은 5개 정도이다. 사람이 일생 동안 운석에 맞아 죽을 확률은 160만분의 1이다.

뉴욕 자연사 박물관의 운석 중 1901년 오리건주에서 옮겨온 15.5톤의 Willamette는, 미국에서 발견된 가장 큰 운석이다. Ahnighito는 케이프요크 운석의 일부로 무게는 34톤이다. 20세기 초에 그린란드에서 뉴욕으로 운반된 운석으로, 박물관에 소장된 운석 중 세계에서 가장 크다. 1920년 아프리카 나미비아에서 발견된 '호바'는 8만 년 전에 떨어진 운석으로, 3m 크기에 60톤으로 세계에서 가장 크다.

2013년 러시아에 떨어진 지름 20m 소행성의 첼랴빈스크 운석우로 725명의 부상자가 발생하였다. 매년 한 개꼴로 떨어지는 10m 크기의 소행성은 보통 대기 상층권에서 폭발하고, 그 구성 물질들은 증발해 버린다. 지름 50m 이상의 물체가 지구와 충돌할 가능성은 천 년에 한 번쯤 된다.

목성의 중력이 지구로 오기 전 천체를 붙잡아주어, 지구가 천체와 충돌할 확률은 7.5만분의 1이다. 2013년부터 미국은 소행성을 모니터링하는 Near-Earth Object 프로그램으로, 지구에 접근하는 소행성을 우주선을 쏘아 올려 파괴하는 방법을 연구 중이다. 최후의 방법은 핵폭탄으로 천체를 파괴시키는 것이다.

Petrified Forest National Park

목화석 국립공원

2억여 년 전 지구의 자전운동으로 적도에 위치하여 삼림이 울창하였던 애리조나주에, 화산이 폭발하여 삼림이 화산재에 묻힌다. 고열로 부패 박테리아가 죽어, Silica 등이 원형을 유지한 나무 속으로 스며 들어갔다. 유입되는 광물질의 성분에 따라, 각기 다른 색깔의 돌이 되었다.

수천만 년 후, 홍수가 융기된 지면을 쓸어내려 화석 숲이 노출되었다. Petrified Forest 국립공원에서 Crystal Forest 트레일로 크리스탈 성분이 들어가 반투명 유리같은 나무 화석들을 돌아보았다.

나무가 쓰러져 화석이 되면서 형성된 Agate Bridge를 찾았다. 두 언덕 사이에 걸쳐진 목화석 다리가 자체 무게로 부러지지 않도록, 공원 측은 1917년 콘크리트로 밑부분에 지지대를 만들어 놓았다.

국립공원에서는 아무것도 반출할 수 없기에, 방문객들은 남쪽 입구 방문자 센터 근처 전문 상점에서 목화석을 구입할 수 있다. 그곳에서는 수천 불을 호가하는 예술품 수준의 실내 장식품부터 몇 불짜리 기념품 등을 팔고 있다.

1마일의 루프식 Blue Mesa Trail을 따라, 화산 활동 때마다 각기 다른 성분의 용암을 분출하여 층층이 색깔이 다른 사암 계곡을 돌아보았다. 지각변동으로 거대한 산봉우리에서 분리된 큰 바위 조각이, 홍수와 비바람으로 자갈과 모래로 변하여 먼지가 되어 날아가고 있었다.

원주민들은 이곳에 암각화를 새겨 서로 소식을 전하였다. 검은색의 바위 표면에 그들이 사냥한 동물의 그림을 그려 넣기도 하고, 개구리를 잡아먹는 새의 모습도 보였다. 황량해 보이는 사막에서도 대자연은 순리에 따라 움직이고 있었다.

해지기 직전에 잠깐 나타나는, 마치 화가의 작품 같은 아름다운 색깔의 Painted Desert를 감상하는 행운을 얻었다. 주위 환경과 조화를 이루고 있는 호텔 건물이, 석양빛을 받아 정겨운 모습으로 다가왔다.

Canyon de Chelly, NM

캐니언 디 셰이 국립기념지

2012년 7월 Canyon de Chelly 국립기념지를 찾아, 두 사람 투어비로 150불을 들여, 원주민 역사를 전공한 나바호족 젊은 여성의 안내를 받았다. 그녀의 차로 계곡 아래로 내려가 3시간 동안 캐니언 디 셰이 단독 투어를 하였다.

이 지역 나무의 나이테 분석 결과 1300년경 28년간 큰 기근이 있었음이 밝혀졌다. 1600년대 후반부터 들어와 살던 나바호족이 2012년에는 15세대로 줄었고, 2016년에는 모두 계곡 밖으로 이주하였다.

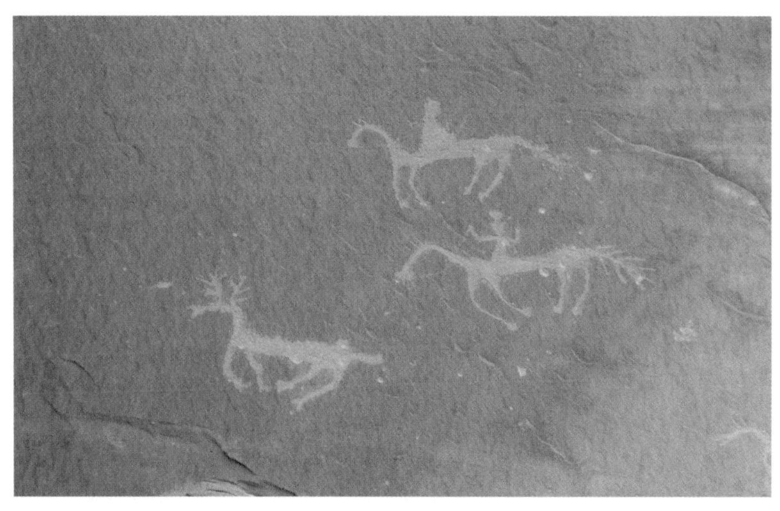

문자가 없었던 원주민들은 커다란 바위 위에 Petroglyph로 기록을 남겼다. 화살 구멍이 나지 않은 흠 없는 사슴가죽을 제물로 바치기 위하여, 말 탄 두 사람이 사슴을 호숫가로 몰아 익사시켜 잡는 암각화도 보였다.

1805년 절벽의 동굴에 피신해 있던 115명의 나바호 여인들과 아이들이, 스페인군에 의해 학살된 학살 동굴Massacre Cave 전망대를 찾았다. 한 나바호 여인이 절벽을 올라오는 적장을 끌어안고 함께 떨어진 장소에, 'Two Fell Off'라는 표지판을 세워놓고 그 여인의 숭고한 부족 사랑을 기리고 있다.

2016년 10월, 유일하게 가이드 없이 갈 수 있는 왕복 2.5 마일의 White House 트래킹에 올랐다. 원형을 크게 훼손시키지 않고 만든 트레일에서 발걸음을 옮길 때마다 기묘한 형상의 암석과 계곡 아래의 평화로운 모습이 나타났다. 동굴 터널과 돌계단을 내려가는 동안, 까마득하게 멀리 보였던 나바호족의 거주지가 점점 크게 다가왔다. 이 계곡을 걸어 내려와, 다시 절벽 위 주차장까지 올라가는데 3시간 정도 걸렸다.

Spider Rock 트레일의 절벽 오솔길 계곡 아래, 750ft 높이로 우뚝 솟은 스파이더 락이 신비롭게 보였다. 그 옆 캠프장 근처에 있는 말들이 개미처럼 작게 보이는 절벽 끝에, 젊은이들이 두 다리를 걸치고 앉아있다.

나바호 미술가 청년이 다가와 자연석 돌판에 원주민들의 신앙을 그린 작품을 보여주며, 조리있게 설명하기에 동영상에 담았다. 이른 아침부터 하이커들을 기다렸던 그를 실망시키지 않기 위해 20불에 작품 하나를 샀다.

이 계곡에서 살았던 나바호 사람들은 가까운 Chinle로 이주하였다. 인구 4천여 명의 친리는 매우 한적하고 물가도 저렴하였다. 인디언 보호구역과는 달리 길거리도 깔끔하였고 현대식 병원도 보였다.

Navajo Nation은 유타, 애리조나, 뉴멕시코주가 만나는 지점 사방 160마일에 자리잡고 있다. 엘비스 프레슬리 같은 혼혈까지 포함하면 미국 내의 원주민은 1,200만 명 정도로 추산되나, 보호구역의 원주민은 미국 인구의 1%인 3백만 명 정도다.

사실상 미 헌법의 효력이 중지되어 있는 보호구역 내에서 알코올, 마약, 도박 등은 사회적 문제가 되고 있다. 허름한 원주민 보호구역을 지나는 동안, 화려한 카지노들이 많이 보였다.

New Mexico Historic Sites

뉴멕시코주의 사적지를 찾아서

호피, 나바호, 아파치 보호구역의 황량한 사막길에서 Hubbell Trading 국립사적지를 만났다. 1868년 나바호족들이 이곳에 정착하자, 10년 뒤 John Hubbell이 Trading Post를 시작하였다.

이곳에는 물물교환을 통해서 서부개척이 이루어진 자료들이 많이 전시되어 있다. 원주민 전사들이 백인들과 치열한 전쟁을 치르는 동안에도, 유럽의 선진 물품과 원주민의 토속 물품이 거래되는 교역소는 호황을 누렸다.

Window Rock Navajo Tribal Park에는 2차 세계대전과 한국전쟁에 참전하였던 나바호 청년들의 동상이 서있다. 뉴멕시코주의 Adventure Capital로 Historic Route 66이 관통하는 Gallup은, 300년경부터 고대 원주민 아나사지족의 고향이었다.

El Malpais 국립사적지의 Sandstone Bluffs 관망대 아래로, 3천 년 전에 분출된 용암이 평야로 바뀌는 모습이 보였다. La Ventana Natural Arch를 지나, Lava Falls 트레일로 들어섰다. 관망대에서 내려다보던 것과는 달리, 제법 큰 나무들이 용암 틈새에 뿌리를 내려 숲을 이루고 있다.

Haaku Museum에 들러, 1100년경 건설된 270에이커의 공중 도시 Acoma Sky City와 원주민들의 생활을 살펴보았다. 오후 5시가 되면 주차장 문을 닫는 Petroglyph 국립사적지 주차장 밖에 차를 두고, 1마일 정도 트레일을 따라 올라갔다. 트레일과 조금 떨어져 있는 야트막한 언덕, 끝없이 나타나는 바위에 새겨진 많은 암각화를 보호하기 위해, 어두워지면 철저하게 출입을 통제한다.

Carlsbad Caverns National Park

칼즈배드 동굴 국립공원

뉴멕시코주의 Carlsbad Caverns 국립공원에서 승강기로 755ft 지하로 내려가, 길이 4천ft, 폭 625ft, 천정 높이 255ft의 Big Room에서 원을 그리듯 돌며 1시간 동안 투어를 하였다. 1마일 정도 트레일 중간지점에 단축 코스가 있어 절반만 보고 돌아올 수도 있다.

1930년 국립공원이 된 칼즈배드 동굴에는 62ft의 Giant Dome과 42ft의 Twin Domes, 고드름 같은 종유석Stalactites과 수정처럼 맑은 Mirror Lake 등이 있다. 기기묘묘한 석순 사이로 나타난 사람 얼굴 형상 앞에서는 섬뜩한 전율이 느껴졌다.

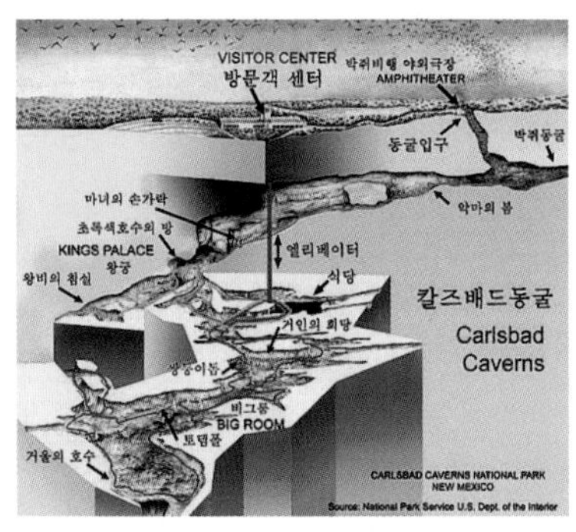

걸어서 들어가는 코스Natural Enterance Route로 박쥐 비행쇼를 구경하는 야외극장 옆을 통해서 동굴로 들어갔다. 박쥐 분비물로 초록색이 된 악마의 굴Devils Den로 내려가, Witches Finger 등을 돌아보며 1.25마일을 내려가면 승강기가 나타난다.

동굴 안에는 40여만 마리의 Mexican Free-tailed Bat가 살고 있다. 동굴 안에서 잠을 자던 야행성 박쥐들은, 해 질 무렵 먹이를 사냥하러 밖으로 나온다. 회오리바람처럼 선회하다가 수십 마일 떨어진 과달루페 평원으로 먹이를 찾아 날아간다.

밤새 먹이를 찾아 배를 채우고, 새벽이 되면 헬리콥터 소리를 내며 동굴로 돌아온다. 겨울에는 멕시코로 이동하기에 5월부터 10월까지 이 쇼를 볼 수 있으나, 90일 동안 북미대륙을 돌다 11월 중순에 방문해 보니 박쥐들은 보이지 않았다. 이곳을 찾는 여행자 수는 연간 50만 명에 이른다.

카우보이 소년 제임스는 화산에서 내뿜는 연기를 보고 찾아갔으나, 그것은 연기가 아니라 동굴에서 나오는 수십만 마리의 박쥐였다. 로비에 있는 기념패에는 'James White 1882–1946는 1901년부터 칼즈배드 동굴을 탐험하기 시작하였다. 그는 사회와 학계와 연방 정부에게 동굴의 중요성과 특수성을 인식시키는 일에 기여했다.'라고 쓰여있다.

Guadalupe & Big Bend NP, TX

빅밴드 국립공원, 과달루페 조약

집을 나선 지 70여 일 만에, 뉴멕시코주를 지나 텍사스 Guadalupe Mt. 국립공원에 도착하였다. 과달루페산 아래에서 반 마일의 트레일을 돌며, 텍사스의 자연 분위기를 느껴보았다.

1881년부터 10년 동안 인디언 전쟁 때의 병영으로, 막사와 무기들 그리고 지휘관의 숙소가 보존되어 있는 Port Davis를 찾았다. 1856년 조지아 태생으로 웨스트 포인트를 졸업하고 미국 최초의 흑인 장교가 된 Henry Flipper는, 10기병대 소위로 근무하다가 이곳에 부임한다. 노예로 태어난 헨리를 지휘관으로 두길 싫어했던 백인들이 그를 뇌물죄로 재판에 넘겨 파면시킨다. 1976년 그는 95년 만에 누명을 벗고 복권되었다.

Rio Grande강을 따라 멕시코와 국경을 이루는 Big Bend 국립공원을 찾았다. 가끔씩 보이는 국경 수비대들의 친절한 검문을 받으며, 입구로 들어서자 수천 그루의 오꼬띠요 선인장이 우리를 반긴다.

미국 최남단의 Chisos산맥을 왕복 5.6마일의 Window 트레일로 돌아볼 수 있으며, 투어에 합류하여 강을 건너 멕시코 마을을 방문하기도 한다. 일정상 Window View 트레일로 치소스를 품고 있는 빅밴드 국립공원을 돌아보았다.

공원의 남쪽 끝 리오그란데강 건너, 저 멀리 멕시코의 작은 마을이 보인다. 건너편 선착장 숲속에서는 멕시코 특유의 흥겨운 기타 소리가 들려왔다. 한 젊은이가 말을 타고 강을 오르내리며, 관광객들에게 볼거리를 제공한다.

카누로 강을 건너온 그들은, 미국 지역 전망대에 지팡이 등 수공예품들을 진열해 놓고, 옆에 작은 도네이션 함도 함께 두었다. 관광객이 끊어지고 순찰이 뜸해지면 그들은 다시 건너와 물건도 정리하고 돈도 챙겨간다.

스페인이 멕시코 땅의 텍사스를 통치할 때부터 정착하여 주민의 대다수를 이룬 미국인 이주민들이, 1836년 멕시코 군사정권으로부터 독립을 선언하고 텍사스 공화국을 세운다. 멕시코군 1,800명이 알라모 선교지로 진군하여, 텍사스군 186명을 포위한다.

멕시코 산타안나 장군은 13일간의 포위 후 텍사스군을 잔인하게 전멸시켜, 텍시언들을 분노하게 만든다. 복수심으로 입대한 텍시언들은 지금의 휴스턴 지역 샌 재신토 전투에서 멕시코군을 격퇴하여 텍사스 독립을 완성한다.

1845년 텍사스 공화국이 미국의 28번째 주로 병합되자, 멕시코가 미국과의 전쟁을 일으켰으나 애초부터 상대가 되지 않았다. 1848년 과달루페 조약으로 국경을 리오그란데강까지 넓힌 미국은, 태평양 출구를 확보하여 세계 최강이 되는 기틀을 마련한다.

전쟁 승리로 유리한 입장에 선 미국은 캘리포니아 구입 협상을 벌인다. 알라모 전투에서 목숨을 바친 텍시언들의 애국심으로, 유타 애리조나 네바다 뉴멕시코 콜로라도 와이오밍 남부 캔자스와 오클라호마의 거대한 영토를 1,500만 불에 사들이는 쾌거를 이룬 것이다. 텍사스는 알래스카 다음으로 크고, 캘리포니아 다음으로 인구가 많다.

Fueling Freedom, Galveston

에너지로부터 자유를…

수려한 텍사스의 산세를 감상하며, 휴스턴으로 가는 길에 Amistad 국립 휴양지가 나타났다. 월 500여 불의 RV 사이트 사용료로 장기간 머물고 있는 은퇴자들은, 평화로운 풍경을 즐기며 여유로운 생활을 하고 있다.

Langtry라는 작은 마을에서 정의롭게 판사직을 수행하여 존경을 받았던 Judge Roy Bean 1825-1903을 기념하는 박물관을 찾았다. 아름다운 정원과 함께 'Law West of the Pecos'라 불렀던 로이의 유물과 잘 보존된 감옥을 돌아보았다.

Seminole Canyon 주립공원 사적지에서 왕복 2마일의 Pictograph 투어를 신청했으나 투어가 10시와 3시 두 번밖에 없고, 암벽 등반 수준의 체력을 요구하기에 박물관에서 암벽선화를 보는 것으로 대신하였다. 암벽화에는 바위를 음각으로 깎아 그리는 암각화Petroglyph와 바위에 페인트로 그리는 암벽선화Pictograph가 있다.

휴스턴을 지나 1900년에 허리케인으로 폐허가 되었던 Galveston섬으로 들어갔다. 별장과 레저 시설로 화려하게 변신한 이곳의 건물 아래층은, 미래의 해일에 대비하여 텅 빈 상태로 기둥들이 받치고 있는 형태로 건축되어 있다.

섬 끝 생태계 공원에서 평화롭게 노니는 새들 사이에서 자연학습을 하는 사람들이 보였다. 끝없이 나타나는 채유기들을 보며, 착한 가솔린 값에 소박한 행복감을 느꼈다. 이 섬으로 들어갈 때는 다리를 이용하였지만 섬을 나올 때는 페리를 탔다.

미국에는 500년 사용 분량의 석탄과 200년 지속될 석유 그리고 100년 동안 풍족하게 쓸 수 있는 천연가스가 매장되어 있다. 그러나 채산성 등이 고려되어 알래스카와 텍사스의 원유는 최소량만 채굴되었다.

중동 오일값이 저렴할 때마다 원유를 사들여 저장해 놓은 미국은, 석탄을 액화하는 기술도 확보해 둔 상태이다. 뉴욕의 Simon & Schuster에 의하면, 미국은 2016년 Fueling Freedom을 얻었다고 한다.

세계 최대 석유 생산국인 사우디 아라비아와 천연가스 생산국인 러시아를 앞지른 미국은, OPEC 국가의 합산된 양보다 많은 석유를 생산할 수 있게 되었다. 미국은 중동 석유 공급선 확보를 위해, 지난 30년 동안 매년 2,400억 불의 국방비를 사용하였다. 이제 절감된 예산은 감세로 이어지고, 200만 개의 일자리를 창출할 것이며, 시민복지 등에 사용될 것이다.

실업문제를 해결하는 방법으로 공무원 수를 늘리고, 감당 못 할 복지정책으로 나라가 부도 상태인 그리스와는 차원이 다르다. 석유 등 풍부한 자원을 바탕으로 급속한 포퓰리즘식 사회주의 복지정책을 펴다 망한 베네수엘라와도 그 경우가 다르다.

Gulf Island NS & Pensacola, FL

걸프섬과 펜사콜라, 미합중국 대국굴기

페스티벌과 Jazz Music으로 유명한 루이지애나주 최대 도시 뉴올리언스에 도착하였다. I-10을 지날 때는 평행선으로 수십 마일 이어지는 Atchafalaya Basin Bridge를 달렸다.

아차팔라야 방문자 센터에서 I-10 상하 평행선 다리 밑으로 반 마일가량 걸어가, 화보에 나오는 한 장면을 담았다.

90번 해안도로를 따라, 'Birthplace of America's Music'이라 불리우는 미시시피주로 들어섰다. 독특한 방법으로 꾸며져 있는 방문자 센터에서는, 엘비스 프레슬리를 간판스타로 내세우고 있다.

미시시피 포구 한 어선에 올라, 신선한 대하를 직접 골라 파운드에 5불로 샀다. 선장 부인이 이중 포장에 얼음까지 채워주어, 숙소에서 살짝 데쳐 바다향이 가득한 자연의 맛을 즐겼다.

플로리다주 Pensacola Beach의 환상적인 모습을 보기 위해, 펜사콜라 베이 다리를 건너 유료 다리를 지나 Gulf Islands 국립해안으로 들어갔다. 낚시꾼들의 바람막이 초대형 우산과 짙푸른 바다, 그리고 하얀 모래가 한 폭의 그림을 만든다.

휘몰아치는 모래바람에 눈뜨기조차 힘든 상황이었지만, 이상한 마력이 우리를 붙잡는다. 모래 위에서 생명을 이어가는 풀 한 포기조차도 예사롭지 않았다. 강한 바람에 물안개처럼 솟아오른 모래 알갱이들이 바다와 육지의 경계를 모호하게 만든다.

차량들은 도로가 모래로 묻혀가는 줄도 모르고, 신비로운 대자연의 파노라마를 즐긴다. 걸프 아일랜드에서 바라본 육지의 건물들은 바다에 조금 잠긴 듯한 모습이다. 한 윈드서퍼가 쾌속정보다 빠른 속도로 질주한다.

해안선 방어 포대 자리에 있는 Port Pickens 박물관에 들렀다. 부화하여 바다로 나가는 거북이를 관찰하는 투어가 있었지만, 밤까지 기다릴 수 없어 다음 기회로 미루었다. 낚시터에서는 어부들이 낚싯대 대신 소형 그물을 던져, 단번에 수십 마리의 물고기들을 잡고 있다.

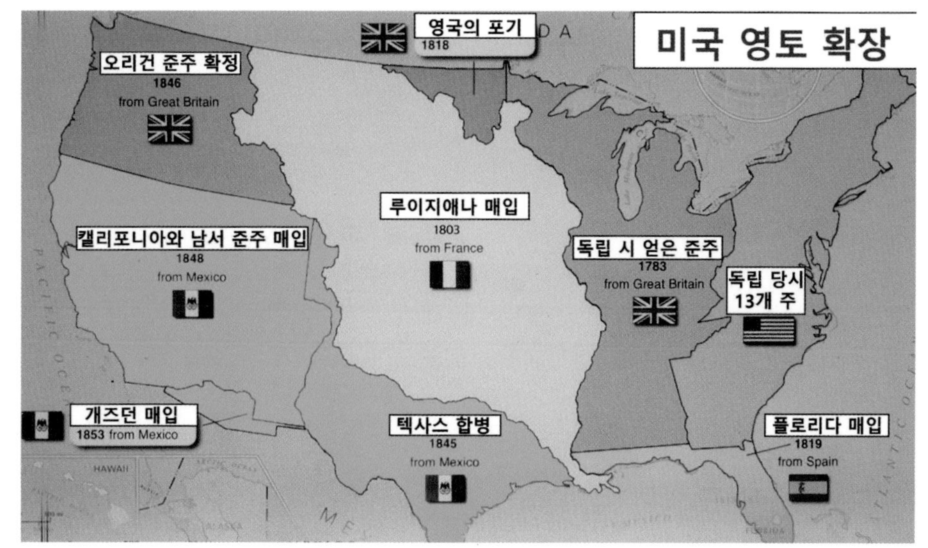

미국의 시작은 서부 스페인 식민지, 중부 프랑스 루이지애나령, 동부 영국 식민지로 나뉜다. 멕시코를 점령한 스페인은 미국의 서부와 멕시코 연안 지역을 식민지로 삼았다. 프랑스는 캐나다 퀘벡주부터 지금의 중부지방인 '루이지애나령'을 점령하고 있었다.

1803년 미국은 미시시피강의 해운 이용을 위해, 프랑스령 뉴올리언스를 매입하고자 프랑스의 제1통령 나폴레옹을 만난다. 잦은 전쟁으로 자금난을 겪고 있던 프랑스는, 영국을 견제하기 위한 명분으로 개발이 어려운 루이왕의 땅 루이지애나를 쓸모없다 여겨 1,500만 불에 판다.

대통령 토마스 제퍼슨이 강력하게 밀어붙여, 당시 미국 영토에 맞먹는 북미대륙 중부지역을 에이커당 4센트에 얻는다. 1848년에 그보다 더 넓은 서부지역 땅을 멕시코에서 사들여, 세계 패권을 위한 큰 그림을 완성한다.

Manatee Springs State Park

스와니 강가에서 고향을 그리다

'머나먼 저 곳 스와니 강물 그리워라. 날 사랑하는 부모형제 이 몸을 기다려 이 세상에 정처 없는 나그네의 길, 아 그리워라 나 살던 곳 멀고 먼 옛 고향'

언제 들어도 마음이 평안해지는 가곡 〈스와니강〉의 원명은 〈Old Folks at Home〉이다. 주옥같은 곡을 남기고 요절한 Stephen Foster 1824 -1864 의 대표곡이다.

Manatee Springs 주립공원에서 솟아오른 물은 스와니강 본류와 합류한다. 그 지류 위에 나무와 맹그로브 새싹들이 반영되어 추상화처럼 보인다.

Okefenokee Swamp에서 발원하여 225마일을 흘러온 스와니강은, 이곳을 지나 멕시코만으로 느릿느릿 흐른다. 가끔씩 코만 살짝 물 위로 내밀고 숨을 쉬는 Manatees는 길이 13ft, 몸무게가 1,300파운드까지 자라며, 식물만 먹기에 바다소 Sea Cow 라 불린다.

Skyway State Fishing Pier 안으로 들어가, 인간의 기술과 천혜의 자연이 어우러져 만든 진귀한 풍경들을 감상하였다.

미국 Shale Oil 예상 매장량은 2조 배럴로 그중 1조 배럴은 채굴 가능성이 높다. 모래와 화학 첨가물을 섞은 물을 수압파쇄 fracking 방식으로 분사하여, 바위 속에 갇혀 있던 천연가스를 뽑아낸다.

셰일암석을 고열로 끓여, 석유제품의 원료 Master Energy를 만들어낸다. 100불이 넘던 생산 원가가 배럴당 40불 이하로 내려간 셰일오일은, 환경 파괴 문제를 극복하고 석유산업의 선두 주자가 되었다.

셰일오일 생산으로 2008년 하루 500만 배럴이었던 미국의 원유생산은 2014년 900만 배럴을 돌파했다. 2017년 1,000만 배럴을 생산하여 셰일오일이 차지하는 비중은 50%를 넘어섰다.

사우디가 미국에 가장 많은 석유를 수출하였으나, 2017년부터는 미국이 셰일가스를 하루 100만 배럴 이상 수출하게 되었다. LNG 분야에 전 세계 생산 1위인 미국은 2019년 석유 수출 3위로 올라섰다.

세계 원유값을 통제하게 된 미국은 국내 산업에 에너지 비용 절감 효과를 준다. 이 에너지 혜택과 감세 정책으로 세계에서 많은 공장들이 들어와, 제조업을 더욱 튼튼하게 할 것이다.

IT, 아마존 등 전 세계 4차 산업을 리드하여 축적된 부로, 자손들은 대학은 물론 박사학위를 받을 때까지 교육비를 지원받을 것이다. 시니어들의 해외여행까지 지원하는 PAX USA의 아메리칸 드림을 꿈꾸어 본다.

Key West

키 웨스트에서 미국지도를 완성하다

북미대륙의 4코너 중 마지막인, 키 웨스트의 남쪽 최남단 Southernmost 기념탑으로 향하였다. 1주일 동안 우리에게 수많은 볼거리와 아름다운 바닷가 풍경을 보여주었던 멕시코만을, 이제 그만 아쉽게 떠나야 했다.

이번 여행의 컨셉이 북미대륙을 가장 넓게 해안선으로 도는 것이어서 페리로 많은 섬들을 건넜다. 페리에 올라 엔진을 끈 채 그냥 차 안에 앉아있다가, 육지에 도착하여 시동을 걸면 깜빡하고 켜 놓은 전조등 때문에 먹통이 되기도 하였다. 그런 일이 자주 있는지 직원이 부스터를 가져와 단번에 해결해 주었다.

멋진 풍경을 카메라에 담고, 액셀을 밟으며 우회전하다 갓길에 있던 쇠붙이가 타이어에 박혀, 주행 중 요란한 소리를 낸다. 반 마일 거리의 수리점에 도착할 때까지 버텨낸 타이어는, 밤 9시까지 영업하는 그곳에서 30불로 때울 수 있었다. 다음 날 패치가 불가능한 위치에 조그만 못이 또 박혀 새 타이어로 교체했다.

1992년 미국 최고 해변으로 선정된 Bahia Honda 주립공원에서, Old Bahia Bridge 등을 돌아보았다. 1938년 건설되어 1972년까지 사용되었던 이 다리는, 끊어진 모습으로 영화에 출현하기도 하였다.

90불의 전기없는 텐트장을 취소하고, 150불에 키 웨스트 해변 가까이 Southernmost Point 민박에 짐을 풀었다. 미국 최남단 조형물 앞에서 인증사진을 찍고, 헤밍웨이의 집을 방문한 후 대서양을 따라 북상하였다.

1898년 미국 스페인 전쟁이 발발하자, 국방부 해군 차관보직을 사퇴한 Theodore Roosevelt[1958–1919]는 기병대[Rough Riders]를 이끌고 쿠바로 건너간다. 대승을 거두어 국민적 영웅이 된 그는, 1901년 42세로 최연소 미국 대통령이 된다.

태평양에서 스페인 함대를 격파한 미국은, 2천만 달러에 필리핀 통치권을 넘겨받는다. 파리조약으로 쿠바 등 카리브해를 차지하고, 태평양과 대서양의 수많은 식민지를 확보하여 국제정치의 새로운 중추로 등장한다.

1904년 루스벨트의 강력한 추진으로 10년 만에 개통된 파나마 운하는 대서양 콜론에서 태평양의 파나마 시티까지 81km를 연결한다. 뉴욕에서 샌프란시스코로 가기 위해, 남미의 혼곶을 돌아가는 대신, 연간 1만 척이 넘는 배가 1만 3천km의 항로를 단축하여 이 운하를 지난다.

Kennedy Space Center

다른 별에서 또 만나요

1819년 플로리다 반도를 스페인으로부터 매입한 미국은, 1845년 27번째 주로 승격시켰다. 1966년 준공된 케이프 커내버럴은 휴스턴의 존슨 우주 센터와 함께 NASA의 2대 우주 기지다.

케네디 우주 센터가 있는 곳은, 1969년 세계 최초로 달착륙 우주선 아폴로 11호가 발사된 곳으로, 1975년 아폴로 성공을 이끈 케네디 대통령의 이름으로 명명되었다. 처음 나타난 로켓 가든에는 제미니 등 구식 로켓들이 전시되어 있다.

컴플렉스 내 프로그램들은 영화만 제외하고 무료로 관람할 수 있다. 아이맥스 영화관에서 영상으로 우주 탐험을 즐긴 후, 모형 셔틀이 있는 화성 미션 활동관에 들러, 컴퓨터 애니메이션으로 우주를 여행하였다.

버스를 타고 발사 지구로 이동하여, 세운 상태로 우주왕복선을 조립하는 세계에서 가장 큰 1층 건물 외관을 돌아보았다. 자전 원심력으로 우주로 나가는 힘은 적도에서 가장 적게 들기에, 우주 발사장은 최대한 남쪽에 위치한다. NASA는 2025년 달나라에 우주 비행사들을 상주시켜 경험을 쌓게 한 후, 2030년 화성에 보내는 프로젝트를 진행 중이다. 우주인은 전 세계에 5백여 명 정도이다.

루나 프로젝트는 머큐리, 제미니, 아폴로 등 세 단계이다. 머큐리 계획은 1962년 2월 20일 최초로 아틀라스 ICBM에 탄, 존 글렌에 의해 완성되었다. 글렌은 케이프 커내버럴 공군기지에서 우주로 올라갔다.

1965년 3월 존 영의 우주여행 후, 열두 번의 제미니 우주선 발사가 이루어졌다. 제미니 계획이 종료되자 1968년 12월 아폴로 8호는, 유인 우주선으로는 최초로 달을 선회하고 지구로 귀환했다.

1969년 7월 16일 발사된 아폴로 11호는, 7월 20일 '고요의 바다'라고 명명한 달 표면에 착륙했다. '역사상 가장 의미 있는 한 걸음'의 주인공 닐 암스트롱은 지구인들에게 한마디를 남겼다. "한 인간에게는 작은 걸음이지만, 인류에게는 위대한 도약이다."

암스트롱과 올드린은 2시간 반 동안 달 표면을 걸어다니며, 성조기를 꽂고 샘플용 흙을 채취했다. 그들은 185파운드의 우주복을 입었지만, 중력이 지구의 6분의 1에 불과한 달 표면 위에서 가볍게 뛰어다녔다.

이후 다섯 번의 유인 달 착륙 중, 아폴로 15호는 37억 년 된 Lunar Sample을 채취해 왔다. 이 달 암석은 작은 조각으로 나누어 세계 각국에 보내, 소련과의 우주 경쟁에서 미국이 승리하였음을 알리고, 달 착륙 시도는 종료되었다.

NASA는 발사 비용을 줄이고, 우주선 재사용을 위한 우주왕복선 계획을 세웠다. 1981년 유리 가가린의 우주 비행 20주년을 기념하여 컬럼비아호가 발사된 후, 챌린저와 디스커버리 그리고 애틀랜티스 우주왕복선이 우주로 올라갔다.

챌린저호의 폭발사고 2년 후, 1988년에 다시 비행을 시작하고 1990년 디스커버리가 허블 우주 망원경을 궤도에 올렸다. 국제 우주정거장 건설을 위해 2003년에 발사된 컬럼비아호가 폭발하자, 2010년 우주왕복선은 퇴역했다.

Outer Banks Scenic Byway, NC

섬으로 연결된 아우터뱅크스

Myrtle Beach 중심부에 자리한 오션프런트 보드워크를 걸으며, 11월 말의 한산해진 바다를 돌아보았다. 머틀비치는 뉴욕에서 10시간여 내려와 다음 날 하루 종일 36홀을 돌고 올라오는 강행군에도 뉴욕 골퍼들의 로망이 된 곳이다.

노스캐롤라이나에서 버지니아를 연결하는 Outer Banks Scenic Byway 200마일 길을 달렸다. Outer Banks가 시작되는 Cedar Island에서 페리로 2시간 만에 Ocracoke섬에 도착하였다.

1천여 명이 사는 오크라코크섬은 바다를 즐기면서 힐링이 되는 조용한 휴양지다. 낮은 병풍을 둘러놓은 듯한 포구는, 바람과 파도가 거의 없어 평온하다. 남쪽으로 들어오는 페리 이용료는 15불이나, Hatteras로 나가는 1시간의 승선료는 없다.

해터레스, 오크라코크섬 등으로 이루어진 아우터뱅크스는, 빙하기 이후 해수면 상승 전에는 높은 산맥의 봉우리였다. 지금은 본토의 해안 지대를 해일과 폭풍으로부터 보호하는 Barrier Islands이다.

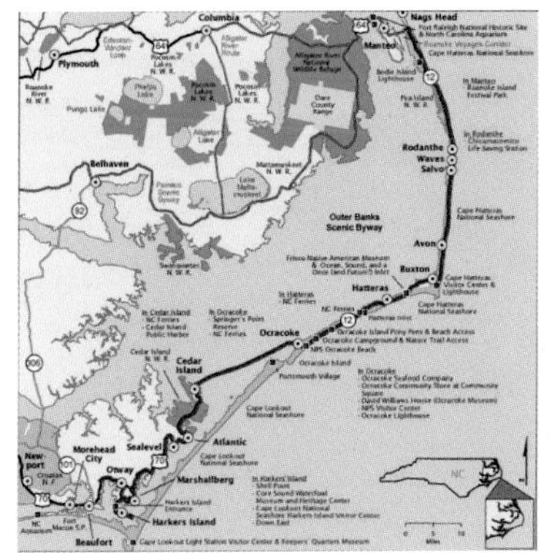

5만 7천여 명이 살고 있는 로아노크섬은 영국 이민자들의 첫 정착지로, 선박이 많이 좌초되었던 선착장 근처에는 Graveyard of the Atlantic 박물관이 있다. 케이프 해터레스 국립해안 70마일을 달리며, 등대와 박물관 등을 돌아보았다.

Herbert C Bonner Bridge를 지나면, Wright Brothers 국립기념지가 나온다. 1903년 12월 17일 라이트 형제는 이곳 Kill Devil 언덕에서 그들이 만든 쌍엽비행기로, 12초 동안 120ft를 날았다. 그 후 100여 년 동안 꾸준히 발전한 항공기술은, 지구촌을 1일 생활권으로 만들어 우리같이 평범한 사람들도 세계여행을 할 수 있게 만들었다.

Colonial Williamsburg, VA

미합중국의 태동

영국 식민지 시절 주정부가 있었던 버지니아주의 Colonial Williamsburg를 찾았다. Jamestown에서 자주 화재가 발생하자, 주정부는 Middle Plantation을 계획도시로 만들어 Williamsburg라 개명하고, 1780년 주정부를 리치몬드로 옮길 때까지 버지니아의 주도로 삼는다.

1570년 버지니아에 스페인 예수회 단체가 세운 선교지는 원주민들에 의해 전멸된다. 1584년 월터 롤리는 엘리자베스 1세의 식민지 설립을 받았으나, 이들 역시 영국으로부터의 공급 부족으로 실패한다. 그러나 그들은 여왕의 은혜에 감사하여 이 지역을 '버지니아'라 불렀다.

그 이름은 '처녀 여왕' 엘리자베스의 명예를 기린 것으로, 독립 후 주 이름이 되었다. 1776년 5월 15일, 미국 독립 지도자들이 이곳에서 독립을 위한 회의를 하였다. 버지니아는 초기 대통령 5명 중 워싱턴, 제퍼슨, 매디슨과 먼로 등 4명을 배출하였다.

주민의 절반이 노예였던 식민지 시절의 건물과 일상생활을 재현해 놓은 시내를 돌아보았다. 이곳은 선조들의 모습을 후손들이 직접 보고 느끼며 체험하는 교육장이다.

Peyton Randolph House의 공방에서, 당시 복장을 한 젊은이들이 소귀나무 bayberry 의 열매를 끓여 왁스를 추출하여, 초를 만드는 과정을 보여주었다.

"자유가 아니면 죽음을 달라"고 했던 패트릭 헨리, 제퍼슨 등 7명의 주지사 공관이었던 Governor's Palace 현관에는 각종 칼과 총들이 전시되어 있다. 잘 조성된 정원 주위로 당시에 타던 마차 등이 보였다.

영국은 1732년까지 조지아주를 마지막으로 13개의 식민주를 만든다. 프랑스와의 7년전쟁에 영국을 도와 승리하였으나, 영국이 세금을 올리는 등 통제를 강화하자, 1776년 독립을 선언한다. 프랑스의 도움으로 승리한 미국은, 1783년 영국으로부터 독립을 승인받는다.

1787년 헌법을 선포하고, 1789년 독립군 사령관 조지 워싱턴을 초대 대통령으로 선출한다. 1803년 루이지애나 지역과 1853년 서남부의 개즈던을 매입한 미국은, 독립한 지 70년도 안 되어 영토 및 인구가 세계 3위인 거대국가로 발전한다.

그러나 이러한 급성장은 성장통으로 이어져, 식민지 초기부터 종교나 경제 체제를 달리하고 있던 남부와 북부가 1861년 남북전쟁을 치른다. 초기에는 농업 중심의 남부가 우세하였으나, 언론과 유럽 국가들의 지원으로 1865년 공업 중심의 북부가 승리하여 하나의 미국으로 발돋움한다.

산업 혁명과 교통 발달에 힘입어 미국의 산업 자본주의가 발전한다. 공업 도시의 형성과 빈부 격차로 슬럼가나 범죄의 발생이 사회 문제로 떠오르고, 노동 운동이 거세진다. 유럽의 전후 불황과 더불어 1929년에는 대공황이 엄습한다. 1932년 대통령이 된 루스벨트는 뉴딜 정책을 시도한다. 일본의 진주만 공격으로 2차 세계대전에 참전한 미국은 전승국이 된다. 전화를 입지 않은 유일한 나라로, 불황을 탈출한 미국은 후진국 원조 등에 힘쓴다.

소련과의 냉전에서 자본주의 진영을 이끈 미국은, 1960~1970년대 베트남 전쟁에서 역사상 처음으로 대패한다. 1990년대 이라크, 아프가니스탄 등과 전쟁을 치른 이후, 북한과 이란의 비핵화 문제를 해결해야 하는 큰 숙제에 직면해 있다.

Washington Monument, Washington D.C.

워싱턴, 건국 대통령

Washinton D.C.의 Independence와 Constitution 에비뉴 사이에, 길이 1마일 넓이 400ft의 정원을 만들어 1802년 처음 'Mall'이라 불렀다. 1901년 McMillan 계획으로 링컨기념관에서 국회의사당까지의 모습이 완성되어 National Mall이 되었다.

내셔널 몰에 있는 555ft의 워싱턴 기념탑은, 1885년에 세워진 미국의 상징으로 시내 어느 곳에서도 보인다. 전망대에 올라가기 위해서는 인터넷 예약이나, 당일 오전 7시 반부터 티켓 배부처에서 무료 티켓을 받아야 한다.

기념탑 정상 전망대에서 시내를 내려다본 후, 엘리베이터로 내려오면서 작은 창을 통해 기념돌을 볼 수 있다. 미국의 주, 시, 세계 각국, 사회단체에서 헌물한 194개의 돌에 주 이름과 나라 이름이 새겨져 있다.

George Washington 1732–1799은 Virginia의 농장주의 아들로 태어났다. 이복형이 맡았던 버지니아 민병대 부관으로 입대하여 전투 경험을 쌓아, 1755년 버지니아 방위군의 연대장을 맡는다. 뚜렷한 정규교육을 받지 못한 그는, 군대 경험을 통해 군사적인 기술뿐만 아니라 정치적인 리더십을 축적하였다.

영국군의 전략과 전술을 익힌 그는, 이런 배경으로 훗날 독립군 총사령관직을 맡게 된다. 그는 프랑스–인디언 전쟁 이후 고향인 Mt. Vernon으로 돌아와, 1759년 버지니아주 하원의원에 당선되고, 아들과 딸이 있는 Martha Custis 1731–1802와 결혼한다.

매사에 성실하고 노력하는 그는, 위대한 영웅보다는 친근한 보통 사람의 이미지이다. 품위있고 지적인 마타는 뛰어난 농장 경영으로, 남편을 200여 명의 노예를 거느린 버지니아 최대의 농장주로 만든다. 1783년 8년간의 독립전쟁에서 승리한 미국은 영국과 평화조약을 맺는다. 1789년 대통령 선거인단에 의해 미국 역사상 최초이자 마지막으로, 워싱턴이 만장일치로 대통령에 당선된다.

모든 이들을 이끄는 중용의 리더십으로 갈등과 대립을 조정하여 통합을 이루었던 그는, 이상주의를 수용하면서도 보수성을 유지하였다. 개혁은 시간을 두고 지혜롭게 해야 한다는 조화론을 펼쳤다.

1789년 의회가 연봉을 2만 5천 달러로 책정하자, 그는 경제적 여유가 없는 후임 대통령들을 위해 마지못해 수용한다. 참모들이 '대통령 각하, 폐하' 등의 경칭을 사용하자, 거절하고 공식 호칭을 'Mr. President'로 정한다.

워싱턴은 해밀턴과 제퍼슨의 강권으로 재출마하여 2차 임기를 마치고 물러난다. 당시 헌법에는 3선 출마도 가능하였으나, 장기 집권으로 인한 독재를 막고 민주주의와 공화제의 기초를 놓는 것에 만족하였다.

1799년 그가 67세로 사망하자 미국인들은 조의복을 입었으며, 나폴레옹도 10일 동안 애도하였다. 그의 장례식 연설에서 헨리 리는 그를 "First in war, first in peace, and first in the hearts of his countrymen."이라 칭송하였다.

참모들은 치통으로 어금니 치아를 빼어낸 그의 볼 안쪽에 솜을 채우고 찍은 초상을 1불짜리 지폐에 넣어, 그를 미국의 지성으로 탄생시켰다. 도시와 거리 이름, 대학에도 워싱턴 명칭을 넣어 그의 리더십을 가슴에 새기고 있다.

Thomas Jefferson Memorial

제퍼슨, 2달러의 주인공

National Mall 호숫가 오솔길을 따라 Thomas Jefferson Memorial을 찾았다. 독립선언서를 작성한 제퍼슨 1743-1826 은 1803년 나폴레옹으로부터 중부의 루이지애나령을 1,500만 불에 구입하여, 영토를 가장 많이 넓힌 대통령이다.

보통 미국인에 비해 키가 6인치가량 커 'Long Tom'이라 불렸던 그는, 2 Dollar의 주인공이다. 미국의 광개토태왕이 되어 세계에서 세 번째로 영토가 큰 나라를 만드는 데 일조하였다. 1976년판 E시리즈 중 일련번호에 오류가 생긴 채 발행된 2달러 지폐는 600불을 호가한다. 그 희귀성으로 수집해 두면 가치가 올라가는 2달러 지폐는, 제퍼슨의 초상과 함께 국민들의 사랑을 받고 있다.

애덤스에 이어 3대 대통령이 된 그는, 계몽주의자로 '사람 밑에 사람 없고 사람 위에 사람 없다. 모든 사람은 신 앞에 평등하다.'고 역설하였다. 대통령에서 퇴임한 후, Virginia University를 설립하는 등 교육 사업에 매진하였다.

제퍼슨은 부인의 도우미였던 흑인 여성 Sally Hemings의 자녀가 그의 피를 이어받았다는 의혹에 DNA 검사가 이루어져 높은 가능성이 나왔다. 그러나 부인과 사별 후 재혼하지 않고 나라에 헌신한 공로로, 존경받는 대통령의 자리를 지키고 있다.

제퍼슨은 미국 독립선언 50주년이 되는 날, 1826년 7월 4일 83세로 서거하였다. 독립선언서를 같이 쓴 동지이자 부통령 재임시 정적이었으나, 화해하고 좋은 친구로 지냈던 애덤스도 제퍼슨이 운명한 지 몇 시간 뒤에 세상을 떴다.

Lincoln & Franklin Roosevelt Memorial

링컨과 루스벨트

Abraham Lincoln 1809~1865은 일리노이 주의원으로 정치에 입문하여 미국 하원의원에 당선되었다. 1861년 16번째 대통령으로 1863년 노예해방을 선언한 그는, 그랜트 장군과 함께 남북전쟁을 승리로 이끌어 One Nation을 유지하였다.

1864년 재선된 링컨은 화해를 통해 국가를 통합하는 정책을 폈으나, 남부연합 사령관 리 장군의 항복을 받은 지 6일 뒤인 1865년 4월 15일에 암살되었다. 민주주의의 상징으로 인용되는 게티스버그 묘지 봉헌식 연설이 링컨기념관 안에 새겨져 있다.

87년 전, 우리 조상은 이 대륙에 자유 속에서 만민이 평등하게 창조되었다는 신조를 위해, 모든 것을 바쳐 새나라를 창건했습니다. 현재 우리는 시민전쟁에 휩쓸려, 이 나라가 길이 존속할 수 있느냐 없느냐 하는 시련을 겪고 있습니다.

우리가 지금 서 있는 곳은 격심한 전쟁터 한복판입니다. 우리는 이 나라를 지키려고 자기 목숨을 희생한 사람들의 마지막 안식처로써, 그 싸움터의 일부를 봉헌하고자 모였습니다. 이것은 우리가 마땅히 해야 할 일입니다.

그러나 우리로서는 이 땅을 바칠 자격이 없습니다. 생존해 있거나 고인이 되었거나 여기서 싸운 용사들이 이미 이 땅을 거룩하게 하였습니다. 우리는 그 용사들이 여기서 이루어 놓은 일을 결코 잊지 않을 것입니다.

이 땅에서 싸운 사람들이 지금까지 그토록 훌륭하게 추진해 온, 그 미완성의 사업을 위해 헌신해야 할 자는, 살아있는 우리들 자신입니다. 우리들이야말로 우리 앞에 남아있는 위대한 과업을 위해서 몸을 바쳐야 하겠습니다.

그것은 즉, 이 명예스러운 전몰 용사들이 최후의 피 한 방울까지 흘려가며 충성을 다한 그들의 뜻을 받들어 한층 더 열성을 기울이자는 것입니다. 또한, 이들의 죽음이 정녕 헛되지 않도록 굳은 결심을 하자는 것입니다. 또 이 나라로 하여금 주님 밑에서 새로이 자유를 탄생하게 하자는 것입니다. 그리고 국민을 위해, 국민이 다스리는, 국민의 정치가 이 지상에서 멸망하지 않게 하자는 것입니다.

1863년 11월 19일 에이브러햄 링컨

Franklin Roosevelt 1882–1945는 39살부터 휠체어를 타는 핸디캡에도, 32대 대통령 1933–1945이 된다. 1929년의 대공황을 이겨내기 위하여 New Deal 정책을 폈던 그는, 2차 세계대전을 승리로 이끌며, 군수산업으로 경제를 회복시켜 미국을 세계 최강국으로 만들었다.

자유민주주의를 지켜낸 그의 야외 기념관에는, 생전에 그가 남겼던 수많은 명언들이 새겨져 있다. 그는 전쟁이라는 특수 상황에서 국가의 이익을 위해 여야가 합심하여, 미 헌정상 유일무이하게 만들어낸 4선 대통령이다.

1943년 카이로 선언에서 한국을 자유독립국가로 만들 것을 결의하여, 한국의 독립을 국제적으로 보장하였다. 그러나 얄타회담에서 일정 기간 신탁통치할 것에 합의하여, 한반도 분단의 원인을 제공한다. 국제 연합 창설에 노력하였으나, 1945년 4월 뇌출혈로 서거한다.

미국을 상징하는 United States Capitol은 1793년 초대 대통령 때 세워졌고 링컨 대통령 때 현재의 모습을 갖추었다. 가이드 투어에 의해서만 볼 수 있는 내부의 원형 돔 '로툰다'에는 콘스탄티노 브루미디의 프레스코화가 화려하게 장식되어 있다.

국회의사당을 중요하게 여겨, 워싱턴 D.C.에 건물을 지을 때는 국회의사당 꼭대기 원형 돔이 보일 수 있도록 13층 이상으로 건물을 짓지 못한다. 국회의사당의 맞은편 국회도서관으로 가는 지하통로에는 조선시대 지도가 전시되어 있다.

Benjamin Franklin, Philadelphia PA

벤저민, 건국의 아버지

1776년 7월 4일 미합중국은 필라델피아 Market Street 5가와 6가 사이에 있는 독립기념관 자리에서 독립을 선언하였다. 헌법이 토론되고 비준된 이곳에서는 워싱턴, 애덤스, 제퍼슨 등 미국 역사의 중요한 인물들을 소개한다.

방문자 센터 맞은편 자유의 종 센터에서는, 미국 역사의 중요한 순간마다 울려 퍼졌던 자유의 종에 대한 이야기가 펼쳐진다. 건물 맨 끝 자유의 종 방에서 방문자들은 인증사진을 찍으며 투어를 마친다.

펜실베니아 의회는 종을 주문하면서 종에 레위기 25장 10절 '이 땅의 모든 거주자들에게 자유를 선언하노라'라는 문구를 새겼다. 나중에 이 문구는 노예폐지를 주장하는 사람들의 근거로 채택되고 '자유의 종'으로 불리게 되었다.

Benjamin Franklin 1706-1790은 미국 독립선언서 작성과 독립전쟁 때 프랑스의 경제적 군사적 원조를 얻어내, Founding Fathers 중 한 사람으로 불리운다. 독립선언 당시 70세이었던 벤저민은, 젊은 사람들이 정치를 해야 한다며 40대의 워싱턴과 애덤스 등에게 맡기고, 주프랑스 대사를 자원하여 미국을 떠났다.

프랑스와의 동맹으로 영국을 견제하는 활발한 외교 활동을 펼쳤던 벤자민은, 국가에 봉사한 것 이외에도 일상생활의 편리와 안전에도 이바지하였다. 건물에 쇠막대를 세워 벼락을 막는 그의 아이디어는 피뢰침으로 나타났다.

그는 공동체가 합심하여 노력하면 소수의 부자만이 얻을 수 있는 쾌적함을 다 함께 누릴 수 있다고 주장하였다. “근면한 사람이 되어야 한다”는 그의 철학은 절제, 침묵, 질서, 결단, 절약, 근면, 진실, 정의, 중용, 청결, 침착, 순결, 겸손의 13가지로 요약된다. “우리는 언젠가 묘지에서 충분히 편안한 잠을 잘 수 있다”며 게으름과 나태를 경계하였다.

양초를 만들던 아버지의 17명 자녀 중 10번째 아들 벤저민이 받은 교육은, 초등학교를 1년 다닌 뒤 개인 교수에게 1년을 더 배운 게 전부였다. 10세 때 집안 형편으로 학교를 그만두고 형의 인쇄소에서 인쇄술을 배워, 1728년 친구와 동업으로 인쇄소를 차린 후, 2년 뒤 단독 경영자가 되었다.

벤저민은 2005년에 AOL과 디스커버리채널에서 미국인들을 대상으로 투표한 ‘가장 위대한 미국인’ 중 5위를 차지했다. 백 달러 지폐에 인쇄된 벤저민의 초상은, 고귀한 그의 생애를 돌아보게 한다.

Philadelphia Museum of Art

우리의 아메리칸 드림

필라델피아 미술관 앞 계단을 뛰어올라, 두 손을 높이 쳐들고 승리를 다짐했던 이곳에 Rocky 동상이 있었는데, 영화를 선전한다는 비난이 일어 계단 아래 오른쪽 정원으로 옮겨졌다. 동상 앞에서는 방문자들이 줄을 서서 차례를 기다려 인증사진을 찍는다.

배우 Silvester Stallone은 자전적인 내용을 권투선수 록키에 담아 아메리칸 드림의 절실함을 표현하였다. 그의 절박함과 열망이 담긴 작품과 몸이 부서지도록 열연한 투혼이 사람들에게 큰 감동을 안겨주어, 영화 〈Rocky〉는 40년이 지난 지금도 많은 사랑을 받고 있다.

이탈리안 아버지와 프랑스인 어머니와의 사이에서 태어난 이민 2세 스텔론은, 빈민가에서 불우한 소년기를 보냈다. 막일과 배우들의 보디가드를 하던 그는, 어느 날 무명 선수와 Muhammed Ali의 권투시합을 보게 되었다.

비록 15회에 KO패로 졌지만 끝까지 잘 싸운 Chuck Wepner를 소재로, 영화배우를 꿈꾸던 스텔론은 권투 영화 시나리오를 썼다. 많은 영화사로부터 거절을 당한 끝에, 한 무명 영화사에서 본인이 주연하는 조건으로 영화를 만들어, 그해 최고의 흥행작으로 선정되어 아카데미 주연, 작품, 감독, 편집상을 받았다.

친구들은 SAT 학원에서 점수를 올리고 있을 때, 고교 2학년 아들은 바이올린을 전공하러 한국에서 막 온 한 학년 아래 남학생을 가르쳤다. 그렇게 마련한 돈으로 한 시간 거리의 뉴저지 Clifton에 있는 연기학원에 다녔다. 남을 가르치는 일이 두 번 공부하는 효과를 보아 PSAT 시험에서 최고 점수를 받고, 그 덕에 Columbia 대학에서 경제학을 공부한 후, Emory 법대를 졸업할 수 있었다.

뉴욕주 변호사가 되었지만 영화의 꿈을 접지 못하고, 근무시간을 조정하여 촬영 현장을 누비고 있다. Backstage 배우로 시작하여 주연 배우가 나오기 전에 조명이나 구도를 미리 잡아두는 대역 등 작은 역할도 마다하지 않는다.

전날 저녁부터 콧노래를 부르며 정성껏 얼굴을 다듬는 아들을 보고, 좋아서 하는 일은 막을 재간이 없음을 실감하고 있다. 아들의 꿈이 이루어지기를 바라며, 계단 맨 위에 있는 록키 동판 발자국 위에 섰다.

90일 동안 숙박료로 4,400불을 지불하였고, 지구를 한 바퀴 돌고도 남는 28,500마일을 달린 가스비와 타이어 교체비로 2,500불이 들었다. 시니어 패스로 국립공원은 무료 입장하였으나, 주립공원과 관광명소 등의 입장료로

500불이 들어, 총 경비 7,400불로 여행을 마쳤다. 음식비는 기본적인 여행생활자의 식단과 브리타 휴대용 정수기를 사용하였기에 별도 경비로 계산하지 않았다.

이번 여행은 우리 자손들이 살아갈 미국이 얼마나 아름답고 넓고 풍요로운지 확인해 보는 좋은 기회였다. 해외여행에서 접했던 진기한 풍경들이, 거의 다 있는 미국을 여행하면서, 우리의 아메리칸 드림이 이루어지고 있음을 느낄 수 있었다.

New York City, NY

뉴욕 시티, 미합중국의 첫 번째 수도

New York City는 1785년부터 1790년까지 미국의 첫 번째 수도이었다. 1791년 Philadelphia, 1800년 Washington D.C.로 옮겨졌지만, 여전히 뉴욕 시티는 세계인이 방문하고 싶은 도시 1위로, 매년 6천만 명이 찾는 관광명소이다.

1620년 종교의 자유를 찾아 뉴욕으로 오던 102명의 영국 청교도들이, 항로를 잃고 보스턴 인근의 Plymouth에 상륙하여 미합중국의 역사가 시작된다. 수천만 명의 부지런하고 진취적이며 독립심이 강했던 유럽의 여러 인종들이 미국으로 이주한다.

맨해튼 남쪽 Battery Park에 있는 Castle Clinton 이민 출장소를 통하여 1855년부터 1890년까지 천만 명이 넘게 들어왔다. 1892년 Ellis섬에 설치된 이민검사소를 통해 1954년까지 1,050만 명이 입국하였다.

1912년 4월 10일 영국에서 2,223명을 태우고 뉴욕으로 향하던 Titanic호가 4월 15일 빙산과 충돌하여 1,514명이 미국 땅을 밟기도 전에 저세상으로 갔다.

느슨한 규제를 이용하여 구명정 자리보다 두 배나 많은 승객을 태운 여객선은 좌초시 엄청난 희생이 예상된 항해이었다. 승무원들은 구명정에 승객들을 먼저 태우고, 자신들은 배에 남아 장렬히 최후를 마쳤다.

이민자들이 각 지역으로 떠나는 기차를 기다리며 앉았던 장의자와 허물어진 포구가 보인다. 1889년에 세워져 78년 동안 운행되었던 Central Railroad of NJ 터미널이 생생한 이민 역사를 보여준다. 그들은 풍토병과 원주민들과의 갈등을 이기고, 오늘의 미국을 만들었다.

정기 여객선이 드나들던 이곳에서, 1990년에 이민 박물관으로 바뀐 엘리스섬 페리 티켓을 구입하여 자유의 여신상과 오디오 투어를 할 수 있다. 미국 독립 100주년을 기념하여 프랑스에서 기증한 높이 305ft의 자유의 여신상 왕관 위까지 올라가려면, 긴 줄을 서야 한다.

9·11사태로 사라진 110층 쌍둥이 빌딩 대신, 104층으로 새로 지은 무역센터 유리벽에 반사된 햇빛이, 강물 위에 떨어져 은색으로 반짝인다. 뉴저지 Jersey City의 Liberty 주립공원에도 9·11 추모탑이 세워져 있다.

세계 무역센터가 피격되었을 때, 많은 사람들이 옥상 출입문 앞으로 갔다. 그들의 다급한 전화 요청에도 관계 당국은 헬기의 안전을 고려하여 구조를 시도하지 않아, 전원이 건물과 함께 무너져 내려 희생되었다.

미국은 구매력과 사회봉사, 취미생활 등으로 사회에 활력을 불어넣고 있는 중산층이 세계에서 가장 많은 나라이다. 2020년 기준 3억 3천만 명인 미국 인구의 인종별 비율은 유럽계 백인 63%, 히스패닉 15%, 아프리카 13%, 아시아 6%, 원주민 1%, 하와이안 등 기타 2%이다.

많은 인종들이 Melting Pot을 이룬 New York City의 5개 Borough 인구는 830만 명이다. Brooklyn 260만, Manhattan 150만, Queens 230만, Bronx 140만, Staten Island 50만의 뉴욕 시티는 미국의 경제, 문화 수도로 불린다. 캘리포니아 4천만, 텍사스 2천9백만, 플로리다 2천1백만 명에 이어 뉴욕주의 인구는 1천9백만여 명이다.

Manhattan & Queens Museum

맨해튼과 퀸즈 박물관

1626년에 원주민들로부터 60길더[24달러]에 사들인 네덜란드인들은 맨해튼 섬을 '뉴암스테르담'이라 불렀다. 1664년 전쟁에서 영국이 이 지역을 네덜란드로부터 얻으면서 영국 지명 요크가 붙어 뉴욕이 되었다. 1673년 다시 네덜란드가 점령했으나 다른 전쟁과 연계되어 남미의 Suriname은 네덜란드에, 뉴욕은 영국에 귀속되었다.

Macy's Flower Show는 뉴욕, 시카고, 샌프란시스코 등 5개 도시에서 매년 동시에 열린다. 비밀 정원이라는 테마의 40번째 뉴욕 맨해튼 메이시 꽃축제에 다녀왔다. 빨간 꽃 드레스를 입은 14ft의 화려한 여신이 3천여 종류의 꽃과 어울려, 우아한 자태를 뽐낸다. 백합 향이 나는 Dolce & Gabbana 향수매장은 백합으로 멋지게 장식되어 있다.

Massachusetts주에서 Dry Goods 소매점을 운영하던 Macy는 1858년 맨해튼에 Macy를 설립한다. 지난날의 경험을 살려, Money back guarantee 등 파격적인 경영 전략을 펼쳐, 793개 지점을 둔 거대 백화점 재벌이 되었다.

활기찬 뉴욕의 밤을 느껴보기 위해 Rockefeller Center를 찾아, 연말연시의 들뜬 분위기에 취해 보았다. 1933년에 시작된 록펠러 프라자의 크리스마스 트리 점등식을 위하여, 수석 가드너는 매년 헬리콥터로 산지를 돌며 Norway Spruce를 고른다. 록펠러 센터의 랜드마크인 스케이트 장에서는 연인들이 함께 스케이트를 지친다.

뉴욕 한인교포들의 추석 잔치와 US Open 테니스 대회가 열리는 Queens의 Flushing Meadows Corona Park를 찾았다. 1939년 New York World's Fair가 개최되었던 이곳은, 1946년부터 5년 동안 유엔총회가 열렸다. 1950년 6월 25일 한국전이 발발하자 6월 27일 유엔군 파병을 결의했던 장소로 우리에게는 뜻깊은 곳이다.

1972년 이 건물에 개관된 퀸즈 박물관은, 여러 민족 작가들의 개인전과 현대예술 작품을 전시한다. 월요일, 화요일은 휴관이고 12시부터 저녁 6시까지 개관하며 입장료는 8불이다. 학생과 시니어는 4불이다.

1964년 두 번째 세계박람회 때 만든 'Panorama of the City of New York'은, 뉴욕시 다섯 개 보로가 한눈에 보이는 90만 개의 건물 미니어처이다. 투명한 유리 바닥을 따라 돌며 가로세로 30m 크기의 뉴욕시티를 내려다볼 수 있다. 50불 이상 기부하면 기부자의 집을 새로 지어 주거나 업그레이드해준다.

뉴욕시는 Croton, Catskill, Delaware의 3개 수원지에서 830만 뉴욕 시민들에게 매일 1억 갤런 이상의 물을 공급한다. Croton은 미국 내에서 가장 큰 급수원이다. 네 차례의 뉴욕 주지사와 미국 부통령을 지낸 Rockefeller의 뉴욕 사랑이 담긴 기부금 등으로 관리 보수되고 있다. 그 덕에 심산유곡의 물맛이 뉴욕시까지 공급되어, 가장 믿을 만한 물로 평가받는다.

The Metropolitan Museum of Art

메트로폴리탄 미술관

영국의 대영, 프랑스의 루브르, 러시아의 에르미타주 미술관과 함께 세계 4대 미술관으로 손꼽히는 맨해튼의 The Metropolitan Museum of Art를 찾았다. 왕가나 국가 주도로 설립된 미술관들과는 달리 이 미술관은 기업과 일반 시민들의 기증으로 만들어졌다.

Paul Delvaux의 〈The Great Sirens, 1947〉, 저 멀리 해변에서 인어들이 중절모를 쓴 남성을 유혹하는 가운데, Siren들이 그를 파멸시키기 위한 회의를 한다. 사이렌은 이태리 서부의 여울목이 많은 Sirenum Scopuli섬에 사는 요정이다. 예쁜 얼굴과 매혹적인 목소리의 노래에 홀린 뱃사람들이 암초에 부딪혀 바다에 빠져 죽었다. 이 전설은 물살이 급하고 불규칙한 이곳에서 사고가 자주 발생하여 생긴 이야기이다.

사이렌은 남성을 속여 유혹하는 의미로 사용되며, 경보를 의미하는 사이렌도 여기에 어원을 두고 있다. 2,500년 전 공자도 교언영색 선어인巧言令色 鮮矣仁이라 하며 우리의 주의를 상기시켰다.

독일 사람들은 로렐라이 언덕 앞에 방파제를 쌓아 선박의 좌초를 원천적으로 막았다. 그리스 신화에서 오디세우스는 배에 자신을 결박하고 선원들은 귀에 밀랍을 틀어막게 하여, 사이렌의 유혹하는 소리가 들리지 않게 하였다.

Pierre-Auguste Cot는 〈Springtime, 1873〉에서 앳된 청소년의 풋사랑을 애교스럽게 담아내었다. 〈The Storm, 1880〉에서는 인생길에서 만나는 어려움들을 표현한다. Frederick Carl Frieseke는 〈Summer, 1914〉에서 무더운 여름날, 친구의 보살핌을 받으며 그리움과 이별의 아쉬움을 달래는 모습을 그렸다.

Gustave Courbet는 〈Woman with a Parrot, 1866〉는 앵무새와 함께 밤을 지새며, '사랑해요, 보고 싶어요, 참 아름다워요' 등 좋은 말을 가르친다. 그 말들을 되돌려 들으며 위로받는 여인을 표현한 작품이다.

Danae 이야기는 티치아노[1546], 렘브란트[1636], 클림트[1907] 등에 의해 여러 번 표현되었다. 에르미타주 미술관에서 본 티치아노의 다나에는 제우스가 변신한 황금비에 포인트를 둔 반면에, 이 작품에서는 적극적으로 손을 뻗어 남자를 받아들이는 다나에의 모습이 부각되었다.

아르고스왕 아크리시우스는 외손자에 의해 살해될 것이라는 신탁을 믿고 딸 다나에를 청동탑에 가두나, 바람둥이 제우스신이 황금비로 변신하여 수태를 시킨다. 제우스가 두려웠던 왕은 차마 죽이지 못하고, 두 모자를 상자에 넣어 바다에 던진다.

폴리덱테스왕은 다나에와 결혼하기 위하여, 다나에의 아들 페르세우스를 죽이고자 그에게 메두사를 베어오라는 위험한 임무를 준다. 아테나 여신의 도움으로 메두사를 죽인 그는 라리사에서 열린 창 던지기 대회에 참가한다. 그가 던진 창이 우연히 그 자리에 있던 외할아버지에게 꽂혀 예언자의 신탁이 실현된다.

Domenico Guidi의 〈Andromeda and The Sea Monster, 1694〉, 페르세우스가 메두사의 머리를 가지고 돌아오던 길에, 바다의 괴물에게 제물로 바쳐져 묶여있는 에티오피아의 공주 안드로메다를 구한다. 그들은 6남 1녀를 낳아 페르시아인의 선조가 된다. 전시실 중앙에 그들의 조각상이 마치 남녀의 모델처럼 서 있다.

The Met Cloisters 박물관은 John D. Rockefeller Jr.가 중세 유럽의 한 성당을 그대로 옮겨와, 소장품과 함께 기증하여 뉴욕 시민들의 휴식공간이 된 곳이다. 메트를 방문한 사람은 당일에 한하여 클로이스터스를 무료로 관람할 수 있다.

Valley of Fire, NV

유타와 애리조나의 그랜드 서클 명소

Utah & Arizona

Canyonlands National Park, Utah

캐니언랜즈 국립공원

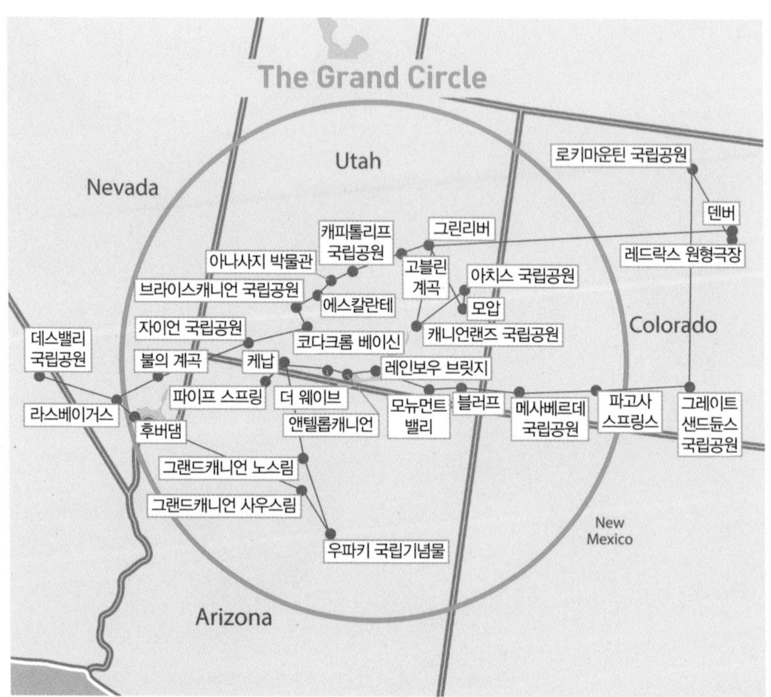

유타와 애리조나주의 Grand Circle에 있는 명소들을 돌아보기 위해, Denver 공항에서 렌터카로 로키산맥을 넘었다. 해발 11,000ft에 있는 1.7마일의 Eisenhower 터널은 세계에서 가장 긴 산악터널로, 서쪽방향은 1973년에, 동쪽방향은 1979년에 완공되었다.

청명하였던 날씨가 로키산맥을 오르며 고도가 높아지자 눈보라로 바뀌었다. 터널을 통과하자 이내 하얀 설국이 나타나며, 가을 여행의 페이지가 후루룩 넘겨져 겨울 이야기로 접어들었다. 370마일 떨어진 Green River까지의 70번 도로는, 가을과 겨울이 함께 어우러져 멋진 풍경을 만든다. 깊은 계곡에서는 상행선과 하행선이 2층으로 포개져 운치를 더한다.

Canyonlands 국립공원의 Mesa Arch 입구 재활용함에서 지도를 꺼내 들고, 전조등을 밝히고 들어가는 차량들을 따라갔다. 손전등을 비추며 반 마일 정도 걸어가, 사진작가들의 대열에 합류하였다. 다운재킷을 입고 한참을 기다려, 떠오르는 태양과 함께 점점 붉은색으로 변하는 메사 아치를 감상하였다.

붉은 바위와 섬세한 아치 그리고 콜로라도강이 있는 캐니언랜즈에는, 미국 서부의 여러 캐니언 모습이 다 들어있다. 이곳은 자동차로 갈 수 있는 Islands in the Sky와 The Needles 그리고 배를 타고 돌아보는 콜로라도강과 트레일로만 접근할 수 있는 The Maze 등 네 구역으로 구분된다.

주위 지형보다 1천ft 이상 솟아오른 하늘의 섬 전망대의 1마일 트레일에서, 발을 옮길 때마다 나타나는 비경에 무아지경이 된다. 이곳의 식물들은 몸을 줄이고 잎사귀 형태를 바꾸어 혹독한 환경을 극복해 나간다. 그들의 치열한 생존방식에 마음이 숙연해지며, 작은 불만들이 사치스럽게 느껴졌다.

1987년 상사 주재원 근무를 마치고, 이민 생활을 시작하여 24년 동안 가게와 교회만 오가며 아이들 키우느라 젊은 날을 정신없이 보냈다. 남편의 회갑이 지난 후, 대리경영 전문회사 문흥서 대표에게 하루 250불에 가게를 부탁하고 매년 8주 정도 여행을 떠났다.

2011년에는 8일 동안 2천여 마일을 달리는 무리한 일정으로, 아치스 국립공원에서 겨우 반나절 머물렀다. 다음 해 18일 동안 미서북부를 돌아보고, 2013년에는 덴버에서 시작하여 2주간의 그랜드 서클의 명소를 찾았다. 2015년 라스베이거스에서 출발하여 10일간 유타와 애리조나 가을여행을 다녀왔다.

Arches National Park

아치스 국립공원

그린리버 60마일 남쪽 Arches 국립공원에 도착하여, 왕복 3.2마일의 Delicate Arch 트레일에 들어섰다. 해 뜨는 방향 언덕으로 나아가자, 지평선이 조금씩 밝아지며 붉은색으로 물든다. 늦게 출발하면 태양을 마주하고 걸어야 하기에 새벽에 시작하였다.

바위 언덕과 모래밭 등 다양한 길을 한 시간여 걷다보니 목적지가 눈앞에 나타났다. 높은 사암 절벽에 좁고 위태롭게 걸쳐 있는 길을 한참 올라가자, 오른쪽으로 시야가 확 트이면서 Delicate Arch가 보였다.

풍화작용으로 다른 곳은 평평하게 다듬어지고 아치만 우뚝 솟아 남아있다. 사람들이 많아지기 전에 올라와 여유있게 즐길 수 있었고, 돌아 나올 때는 등으로 햇볕과 바람을 받으며 쾌적하게 내려왔다.

네 차례의 방문 끝에 다녀온 이 트레일이 생각보다 힘들지 않아, 1.8마일의 Landscape 아치 트레일을 찾았다. 길이 300ft로 세계에서 가장 긴 이 아치는, 그 아래로 드나들 수 있었으나, 1991년 아치의 일부가 무너진 후 울타리가 설치되었다. 세계 8대 자연 불가사의라 불리는 아치의 가운데 부분 두께가 겨우 11ft밖에 안 되어, 곧 무너질 것 같았다.

한국에 있었다면 아마도 무속인들의 성지가 되었을 송이버섯 모양의 바위가 보인다. 아들을 낳지 못하면 집에서 쫓겨나기까지 했던 유교적 구습 속에서, 절박한 심정으로 남근처럼 생긴 바위에 기도를 올리던 시절이 있었다.

지금은 의료 보험이 없어도 3만 불 정도면 아빠의 정자를 엄마에게 착상시켜 건강한 아기를 낳을 수 있다. 냉동 보관했던 것으로 3년 뒤에 둘째 아들을 얻은 이웃이 생각났다. 이 시술로는 대부분 남자아이만 태어난다고 한다.

높이 128ft의 Balanced Rock은, 3,500톤의 거대한 바위를 머리에 이고 삐딱한 자세로 서 있다. 수다를 떨고 있는 세 자매, 법의 권위를 보여주는 Courthouse Tower, 바벨탑 등도 보인다. 맨해튼 유행의 거리 Park Ave와 부의 상징인 Wall Street의 고층빌딩 바위들이 줄지어 있는 곳에 들렀다. 이집트 여왕이 연상되는 모습에서 많은 패션 디자이너들이 영감을 받아간다고 한다.

Jet Boat Tour & The Needles

콜로라도강 보트 투어와 더 니들스

아치스 국립공원 남쪽 끝과 Moab 사이에 있는 선착장에서 사진 작가들의 로망인 콜로라도강 Jet Boat 투어를 하였다. 10여 명을 태운 배는 강 양쪽에 신전의 부조처럼 펼쳐지는 캐니언랜즈의 비경을 보여주었다. 4월에서 10월까지 진행되는 이 투어로 자동차나 트레일로는 보기 힘든 콜로라도강의 숨겨진 속살을 볼 수 있다.

매년 가을 Moab Music Festival로 이곳 자연 원형공연장에서는 음악회가 열린다. 엔진을 멈추고 잠시 물과 바람이 만들어내는 자연의 소리를 감상하였다. 비료공장 근처에서 휴식을 취한 후 포구로 돌아나와 3시간에 109불하는 투어를 마쳤다. 그랜드 캐니언을 배경으로 하는 영화는, 제작비가 적게 드는 이곳에서 많이 촬영된다.

Dead Horse Point 주립공원으로 이동하여, 10불의 입장료를 내고 반 마일 트레일을 돌았다. 조금 전에 쾌속정으로 돌아보았던 콜로라도강이 2천ft 아래에서 녹색으로 굽이쳐 흐른다. 카우보이들이 좁고 험준한 이곳에 말을 넣어두고, 건강한 말들만 빼어가는 바람에 비루한 말들은 계속 남겨졌다. 남은 말들이 굶주려 죽게 되자, 이곳에 Dead Horse Point라는 이름이 붙여졌다.

The Needles에서 루프식 1마일 트레일로, 커다란 덮개 모양의 바위 아래 우거진 숲과 샘물이 있는 Cave Spring을 찾았다. 사다리를 타고 지붕이 된 바위 위로 올라가 돌무더기로 표시된 트레일을 걸으며, 평화로웠던 원주민들의 삶을 상상해 보았다.

Wooden Shoe Arch 전망대와 Elephant Hill을 돌아본 후, Big Spring Canyon 전망대에 주차하고 Slickrock Foot Trail을 따라 올라갔다. 산등성이 트레일은 돌부스러기들이 많아 미끄러운 곳이다.

두 남자가 트레일을 벗어나 가파른 절벽 사이로 내려오다. 어깨에 힘이 잔뜩 들어간 남성이 갑자기 미끄러지며 10ft 아래 바위로 뛰어내린다. 착지가 좋지 않아 다시 미끄러져, 그 아래 넓은 바위로 중심을 잃고 떨어진다.

허리를 다쳤는지 꼼짝 못하고 있다가 친구의 부축을 받아, 겨우 일어나 절룩거리며 내려간다. 이름으로 말해주는 Slickrock 트레일의 경고를 무시하고, 방심한 탓에 벌어진 순식간의 일이었다.

Goblin Valley State Park

고블린 도깨비 계곡

외계 행성같이 보이는 Goblin Valley 주립공원에서, 삼라만상의 괴상한 도깨비들을 만났다. 이 지역은 온통 붉은색으로 Hanksville에는 화성 사막 탐사기지가 있을 정도로 화성과 흡사한 모습이다.

1999년 영화 〈갤럭시 퀘스트〉가 촬영된 고블린 밸리에서 특별히 우리의 눈길을 끌었던 것은, 수많은 꼬마 도깨비들을 발아래 거느린 두 마리의 대장 도깨비이다. 그들은 서로 마주보고 고함을 지르며 기싸움을 하고 있다.

고블린 밸리는 부서지기 쉬운 사암으로 되어있어, 지금도 비와 바람에 의해 새로운 형상들이 만들어지고 있다. 밴덜리스트들의 훼손이 심해지자, 1964년 유타주는 주립공원으로 지정하여 보호하고 있다. 주위에 큰 도시가 없어 캠프장에 묵으며 은하수를 촬영할 수 있는 최적의 장소이다.

오래전 모 항공사에서 신용카드 판촉으로 신규 카드를 내면 3만 점을 주겠다는 메일을 받았다. 남편과 함께 개인카드 2개와 회사카드를 신청하여 사용하다가 5만 점을 주는 더 좋은 조건의 카드에 밀려 잊고 있었다. 백수가 되어 홀가분하게 여행을 떠날 수 있게 되었지만, 아이들한테 이유 없이 눈치가 보였다. 은퇴와 결혼 40주년이라는 명분을 세워, 현지인들의 생활모습을 볼 수 있는 에어비앤비를 중심으로 계획을 세웠다.

호주, 뉴질랜드, 일본, 베트남, 캄보디아, 한국, 중국 등 7개국을 77일 동안 돌아보려면, 항공료만 6천여 불이 든다. 잊고 있었던 카드 마일리지가 생각나, 여러 단계의 수속을 거쳐, 두 사람 항공권 구입에 필요한 마일리지를 얻었다. 항공 일정을 조율하는 과정에서, 2주 만에 뉴질랜드를 떠나는 마일리지 티켓이 없어 3주로 늘려야만 하였다. 그 덕에 북섬에서 남섬까지 종단하며, 북극탐험에서 친구가 되었던 폴 부부도 만날 수 있었다.

공항세 600여 불을 내자 두 사람 항공권이 하늘에서 뚝딱 떨어지는 도깨비 방망이 사건이 일어났다. 고블린 계곡을 돌아보며, '두드리라 그리하면 열리리라'는 성경 말씀과 함께, 간절히 원하는 일은 결국 이루어진다는 확신을 갖게 되었다.

Capitol Reef NP & Anasazi Museum

캐피톨리프 국립공원과 아나사지 박물관

유타주의 Scenic Byway 12번 도로를 달리다보면, 하얀색의 Navajo Sandstone 돔이 나타난다. Washington D.C.의 국회의사당을 닮은 그 돔과 산호벽을 연상케하는 샌드스톤 색상의 능선으로 Capitol Reef라 명명된 국립공원을 찾았다. 험한 산세로 유타주의 5개 국립공원 중 가장 늦게 개발되어 1971년에 국립공원이 되었다. 길이 100마일, 폭 6마일의 좁고 긴 이곳의 방문자 센터는, 주변 경관과 잘 어울려 자연의 일부처럼 보였다.

2억 년 전 쥬라기 때 형성된 Carmel Formation 등 4단계의 지층에서는 지금도 바다생물 화석들이 발견된다. 두 시간가량 Hickman Bridge 트레일을 돌며, 퇴적암 기암의 멋진 모습을 감상하였다.

이 공원을 관통하는 Scenic Drive 끝에서, 병풍 같은 절벽 사이로 뚫려있는 비포장도로를 따라 들어갔다. 왕복 1마일의 Capitol Gorge 트레일을 돌며, 끝없이 펼쳐지는 신비스러운 풍광에 푹 빠졌다. 이 Fremont 계곡에 20세기 초 우라늄 광산 개발로 조성된 마을 Fruita의 한 과수원에서는, 사과들이 빨갛게 익어가고 있었다.

시닉 바이웨이에서 말을 탄 카우보이와 4륜 Dirt Bikes로 수백 마리의 소를 몰고 있는 신세대 목동들을 만났다. 도로를 점거한 소 떼를 천천히 뒤따라가며 평화로운 풍경을 즐겼다.

1880년대 초 몰몬교도에 의하여 건설된 인구 200여 명의 Boulder는 1947년에야 전기가 들어왔다. 그곳에서 원주민들의 지혜가 고스란히 녹아있는 Anasazi 주립공원 박물관을 찾았다. 그들은 화씨 100도가 넘는 광야의 땅속을 파고, 화씨 50도가 유지되는 지하 거주지에 살았다. 뛰어난 예술적 감각으로 사냥용 화살촉까지도 아름다운 색상의 돌을 다듬어 만들었다.

Anasazi는 Navajo 말로 '적들의 조상'이라는 뜻이 있다. 후손들은 평화롭게 살자는 염원으로, 지금은 아나사지라는 말 대신 '강가에 있는 평화로운 마을'이라는 뜻의 푸에블로 Ancestral Pueblo 라 부른다.

Devil's Garden, Escalante

에스칼란테의 명소

1879년 몰몬은 San Juan Mission을 결성하여 포장마차 구입 자금을 빌려주는 등 적극적인 방법으로 개척단을 꾸린다. 솔트 레이크 시티를 출발하여 유타주 남동쪽에 도착하였으나, 먼저 들어온 사람들의 배척으로 더 깊은 오지로 향한다.

에스칼란테의 Hole-in-the-Rock Escalante Heritage 센터에는 험준한 고개를 넘으면서 겪었던 그들의 사진과 기록들이 있다. 치즐로 바위를 깎아 절벽에 길을 만들고, 내리막길에서는 마차 뒤에서 끈으로 당기었다. 절벽을 내려올 때는 마차를 분해하여 로프에 묶어 운반하는 등 천신만고 끝에 Bluff에 정착한다.

원주민들을 무자비하게 죽여가며 폭력으로 땅을 빼앗는, 희미한 기억 속의 서부영화와는 달랐다. 서로 도움을 주고받으며 척박한 자연환경을 이겨내는 처절한 인간 승리의 모습이었다.

Cowboy Country Inn 마당에는 130여 년 전 서부개척 시절의 생활 도구들을 전시하여 당시의 분위기를 살려 놓았다. 객실에는 테마에 맞는 소품들과 여행 후기를 적는 노트가 비치되어 있다.

25마일 거리의 Devil's Garden으로 가는 마지막 18마일의 Hole-in-the-Rock 도로는 시속 35마일 비포장이다. SUV를 탄 젊은 커플이 흙먼지를 일으키며 우리를 추월하였으나, 얼마 가지 못하고 절절매며 타이어를 바꾸고 있었다.

악마의 정원은 방문자 센터나 관리인이 없고, 트레일도 정해진 길이 없어 본인의 위험 부담으로 트래킹을 해야 한다. 마른 하천을 끼고 있어 방울뱀 등 파충류들이 많아, 늘 발밑을 조심해야 한다. 반 마일 정도 펼쳐진 나지막한 반석 위에는, 예술가들이 빚어놓은 듯 기이한 형상의 바위 조각품들이 수없이 진열되어 있다.

Bryce Canyon National Park

브라이스 캐니언 국립공원

Bryce Canyon에 갈 때마다 그냥 지나쳤던 Red Canyon 주립공원을 찾아, 짧은 트레일에 올랐다. 주차장에서 가까운 붉은색의 단단한 hoodoo들은, 이곳에서 브라이스가 멀지 않음을 알려준다.

초기 정착민 Ebenezer Bryce 부부의 이름을 따서 브라이스 캐니언이라 불리우는 이 공원의 최남단 Rainbow Point에서 Bristlecone Loop 트레일을 시작하였다. 수백 년 된 Bristlecone pine들이 군락을 이루고 있는 해발 9,000ft의 1마일 트레일에는, 1,800년 된 강털소나무 고목이 기념물로 남아있다.

많은 철분 성분으로 붉은색이 돋는 이곳에는, 흰색과 핑크색 등의 단단한 흙첨탑들이 빽빽하게 들어차 있다. 그 사이에 자생하고 있는 나무들의 푸른 숲이 멋진 조화를 이루며 환상적인 자연 풍광을 빚어낸다.

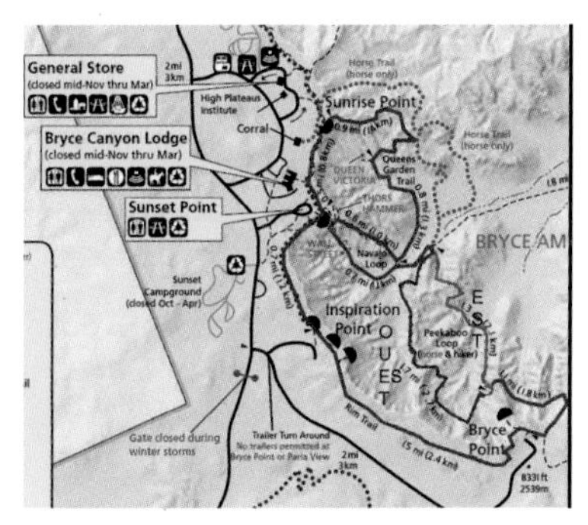

전망이 가장 좋은 뷰포인트로 관광객들이 많이 찾는 브라이스 포인트는, 바나나처럼 휘어진 Bryce Amphitheater의 남쪽 끝에 있다. 절벽 위에 아슬하게 세워진 전망대에는, 항상 많은 사람들로 북적인다.

Sunset Point에서 Thor's Hammer를 지나, 완만한 길로 0.6마일 내려가면, Queen's Garden Trail과 Navajo Trail의 갈림길을 만난다. 0.8마일을 더 올라가면 Sunrise Point에 도달하게 되고, 오른쪽으로 가던 길을 계속 가면 루프식 나바호 트레일의 끝 선셋 포인트로 가게 된다.

이 1.4마일의 나바호 루프 트레일과 왕복 1.6마일의 퀸즈 가든 트레일을 합쳐, 세계 최고의 3마일 트레일이라 부른다. 갈림길에서 퀸즈 트레일 쪽으로 들어서면, 나바호 트레일의 후반전 오르막길을 놓치게 되니, 일단 나바호 트레일을 끝내고 다시 퀸즈 가든 트레일로 내려가는 것이 좋다.

고목나무 안에서 태어난 젊은나무가 쭉쭉 뻗어 자라고 있다. 마치 아들을 감싸고 있는 아버지의 모습을 닮은 기이한 나무 앞에서, 많은 사람들이 인증사진을 찍는다. 나바호 트래킹 후반에 접어들자, 좁은 협곡이 나타나며 그 속을 지나가는 사람들을 왜소하게 보이게 한다.

30여 년 전에 왔을 때는 아이들이 어려서 구경만 하다가, 2011년에 비로소 Mule Riding에 도전하였다. 마구간에서 노새들과 눈도 맞추며, 처음 하는 것에 대한 불안한 마음을 진정시켰다. 작고 온순한 노새에 올라 기계처럼 움직이는 숙련된 노새의 움직임에 몸을 맡기고, 파노라마처럼 지나가는 아름다운 자연풍광을 2시간가량 즐겼다.

세계문화유산 1호 파르테논 신전과 매우 흡사하게 보여, 우리가 브라이스 파르테논이라 명명한 언덕 위의 신전은, 점점 약해지는 햇빛을 받으며 더욱 아름답게 보였다. 파스텔톤의 붉은 첨탑을 돌며 행복한 시간을 가졌던 나바호 퀸즈 가든 트레일이 가는 선처럼 그어져 있다. 이제는 추억이 되어버린 노새타기 전용 트레일이 푸른 나무들 사이로 보인다.

Kodachrome & Petrified Forest

코다크롬과 목화석 숲

1억 8천만 년 전에 형성된 사암 지대에 67개의 수성암 돌기둥이 높게 솟아올라, 원주민들의 신성한 땅이 된 Kodachrome Basin 주립공원을 찾았다. 이곳은 1948년 National Geographic Society 탐사팀들이 밝고 아름다운 색감으로 인기가 높았던 코닥크롬 필름의 이름으로 부르다가, 1963년 Kodachrome Basin 주립공원으로 명명되었다.

원주민들에게는 전사와 사냥꾼을 만들어 부족을 지키고 번성시켜야 하는 절실함이 있다. 사내아이를 많이 낳는 일이 지상 목표이었던 이들에겐, 이곳이 최적의 성지이었을 것이다. 1마일의 Angels Palace 트레일을 따라 신비로운 풍경에 이끌려, 2시간 정도 붉은색 사암 오솔길을 걸었다.

Escalante Petrified Forest 주립공원은 쥬라기에 공룡들이 서식하던 울창한 숲이었다. 화산에 매몰된 숲은 1억 5천만 년 동안 목화석으로 바뀌었다. 8불의 입장료를 내고, 50ft 길이의 목화석이 있는 야외 전시장을 돌아본 후, Petrified Forest 트레일을 돌며 지름 2ft 이상의 목화석들을 감상하였다.

광물질의 성분에 따라 빨강, 노랑 등 여러 가지 색상으로 변한 나무들은 압력과 열기로 단단한 바위가 되었다. 지각변동으로 지표 가까이에 솟아올라, 홍수에 노출된 0.75마일의 Sleeping Rainbows 트레일에는 목화석 조각들이 끝없이 나타났다.

채석 수집가들의 활동이 취미 생활을 넘어 상업화되자, 많은 목화석들이 반출되는 수난을 당했다. 주정부는 1963년 이곳을 주립공원으로 지정하여 수집을 전면 금지시켰다. 공원 입구에 있는 Rock Shop에서 상품화된 목화석을 살 수 있다.

Zion National Park

자이언 국립공원

Zion 국립공원은 장엄한 산봉우리들을 아래에서 위로 올려보는 곳이라 말한다. 그랜드 캐니언이나 브라이스 캐니언처럼 탁 트인 전망대 위에서 아래를 바라보는 파노라마 뷰포인트를, 이곳에서는 '걷지 않고서는' 찾을 수가 없기 때문이다. 당당하게 서 있는 산을 바라보는 것도 좋지만, 계곡 깊숙이 트레일을 걸을 때 참 맛을 느낄 수 있다. 고도가 점점 높아지면서 올려다보던 산들이 어느 순간 나와 마주하게 되면, 저절로 감탄사가 나온다.

초기에 정착한 몰몬교도들이 Virgin강을 따라 아찔하게 침식된 붉은 사암 절벽으로 이루어진 풍광을, 천국과 같다 하여 Zion이라 이름 붙였다. 웅장한 절벽 틈새로 흐르는 버진강을 따라 걷는 The Narrows 트레일은, 미국의 수만 개 트레일 중 열 손가락 안에 꼽힌다. 주차장에 차를 대고 무료 순환 셔틀버스를 이용하여, 자이언의 종점인 Temple of Sinawaba에서 내려 네로우스 입구까지 40분 정도 Riverside Walk 산책로를 걸었다.

트레일 입구에 도착하여 하이킹을 마친 사람들이 남겨놓은 굵은 나뭇가지를 들고 강을 건넜다. 오전에 내린 소나기로 물살이 강해, 미끄러운 돌과 자갈 위를 걷기가 불안하여 조금 가다가 돌아 나왔다. 1박 2일의 18마일 트레일을 위해서는, 별도의 퍼밋과 아쿠아 슈즈가 필수이다.

Mt. Camel 터널 가까이에 있는 주차장에 차를 두고, 좁고 가파른 길을 올랐다. 왕복 1마일의 Canyon Overlook 트레일 마지막 지점인 뷰포인트는, 높은 고도에서 정면으로 경치를 감상할 수 있는 곳이다. 이곳은 들이는 시간과 체력에 비해, 만족도가 아주 높은 트레일이다.

Emerald Pool 트레일의 숲속을 거닐며, 수채화처럼 펼쳐지는 자연의 아름다움에 푹 잠겼다. Middle Pool까지 올라온 김에 Upper pool까지 갈까 했으나, 해지기 전에 라스베이거스까지 가야 하기에 그곳에서 이어지는 1마일의 Grotto 트레일로 내려왔다.

비가 바위 틈새로 스며들어 내려가다가 단단한 지층을 만나 꺾여 배출되는 것이, 눈물을 흘리는 것처럼 보여 Weeping Rock이라 이름이 붙여진 바위를 찾았다. 왕복 0.5마일의 트레일 끝에 도착하여, 절벽 위에서 떨어지는 물방울을 맞으며 신들의 정원 트레킹을 마쳤다. 2019년 8월 케이블 마운틴의 큰 바위가 떨어져 내려와 위핑락 트레일은 현재 폐쇄되었다.

한 해 동안 이곳에서 소비된 Paper Towel은 약 8톤으로, 100그루의 나무와 16만 갤런의 물이 필요한 양이다. 공원 화장실에서는 대신 Hand dryer 사용을 권한다. Human History 박물관 식수대에도 일회용 물병을 쓰지 말자는 포스터가 보인다. 미국에서 매년 소비하는 플라스틱 물병 5백억 개를 연결하면 지구를 217바퀴 돈다고 한다.

자이언 북쪽에 있는 Kolob Canyons의 Hanging Valley에는, 푸른 숲이 울창하게 우거져 있다. 비가 내리면 절벽 중간에 멋진 폭포도 만들어지고, 계곡에서 함께 흘러내려 온 침전물들은 숲에 자양분을 제공한다.

Angels Landing @ Zion National park

자이언의 엔젤스 랜딩

Zion Lodge 앞에서 셔틀버스로 Grotto에 내려 Virgin강을 건너, 해발 5,785ft의 엔젤스 랜딩을 향하여 올라갔다. 더워질 때마다 겉옷을 벗어 남편 배낭에 넣으며, 까마득하게 올라온 길을 내려다보자 현기증이 났다.

캐니언 안쪽의 붉은색 단풍과 싱그러운 허브 냄새는 지쳐가는 몸에 생기를 더해주었다. 노란 단풍으로 물들어진 22개의 지그재그 Walter's Wiggles 길을 올라, Scout 전망대에서 잠시 휴식을 취했다.

이제 남은 반 마일은 가는 데 1시간, 돌아오는 데 1시간이 걸리는 고도의 집중력이 요구되는 트레일이다. 스틱이 방해가 될 것 같아 배낭에 접어 넣고, 체인을 잡고 올라가는 구간이 많기에 등산장갑을 꺼냈다.

계곡 아래를 내려다보지 않고, 수많은 사람들이 디뎠던 그 자리만 밟으며 올라갔다. 남편한테 트레일에만 집중하라고 신신당부하였지만, 출발하자마자 카메라를 다시 꺼내든다. 자연석 트레일은 많은 사람들이 올라간 흔적으로 반들반들하다. 좁은 구간에서는 마주오는 사람이 벼랑에 기대어 길을 내준다.

정상의 노송 한 그루가 추위와 모진 바람을 견디며 바위 위에 서 있다. 자기 키보다 몇 배나 긴 뿌리를 바위 위로 뻗어내리고 있는 소나무의 끈질긴 생명력에서 자연의 위대함을 느꼈다.

1985년 LA에서 뉴욕으로 회사를 옮길 때 들렀으나, 아이들이 너무 어려 그냥 지나쳤다. 2011년에는 반 마일 남겨놓고 후퇴하였고, 2013년에는 발만 보고 오르느라 제대로 감상을 못해 2015년에 다시 방문한 것이다.

Scout 전망대에서 북경 아가씨 셋이 무섭다고 포기하기에, 아래를 내려다보지 말고 우리만 따라오라 권유하여 동행하였다. 50대 후반의 두 백인 친구가 6ft만 올라가도 다리가 떨린다며 내려가려 한다. 이곳을 완주하면 그 증세는 없어지고 앞으로 50년은 더 산다고 했더니 우리를 따라온다.

70대 부부가 네 살짜리 손자를 가운데 앉혀놓고, 정상에 올라간 자녀들을 기다리고 있다. 여기까지 올라와 망설이는 이들에게, 위험했던 상황들을 나열하여 그냥 돌아서게 하는 사람도 보였다.

정신을 집중하고 온몸의 근육을 사용해야 하는 이 트레일에서는, 격려해 주며 가끔씩 손을 잡아주는 것만으로도 큰 힘이 된다. 오로지 자신의 땀과 의지로만 오를 수 있기에, 정상에 오른 기쁨에는 경쟁을 통해 남을 이기고 쟁취한 세상의 성공과는 다른 순수한 환희가 있다.

Las Vegas, Nevada

슬기로운 라스베이거스 탐방기

문화와 예술의 거리로 바뀐 라스베이거스의 호텔과 로비는 그리스 로마, 이집트 등 각기 특색있는 모습을 하고 있다. 추수감사절이나 성탄절 등에는 절기에 맞는 장식으로, 가족 단위 휴양지의 분위기를 연출한다.

The Strip에는 초호화 호텔들이 집중되어 다양한 볼거리를 제공한다. 특히 Bellagio 호텔의 분수 쇼는 세계적인 명물이다. 지금의 라스베이거스 모습은 영화와 항공사업으로 억만장자가 된 Howard Hughes 1905-1976 에 의해 탄생했다.

정신병 치료를 위해 이곳에서 묵었던 휴스는, 땅을 많이 사들여 부동산 붐을 일으켰다. 그로 인해 투자가들의 시선을 끌게 된 중심지에 신축 호텔 고급화가 이루어져, 현재의 호화로운 모습을 갖추게 된 것이다.

기행을 일삼던 그는 네바다주 사막에서 멜빈 다마의 허름한 트럭에 오른다. 휴스를 부랑자 노인으로 생각한 다마는, 내릴 때 25센트를 건네며 차비로 쓰라고 한다. 훗날 그는 다마에게 재산의 16분의 1을 주라는 유언을 남긴다. 유언장 이면에는 '멜빈 다마는 하워드 휴스가 일생 동안 살아오면서 만났던 가장 친절했던 사람'으로 적혀있었다. 액수는 2,000억 원….

외곽의 Rainbow Blvd와 Spring Mountain Rd가 만나는 코너의 Greenland 마켓에 들러 김치 등 한국장을 보았다. Food Court에 들러 일본인 남편과 한국인 여주인이 운영하는 식당에 음식을 주문하자, 시어머니인 일본인 할머니가 보글보글 끓고 있는 된장찌개와 우리가 선택한 밑반찬을 길다란 접시에 담아 가져온다.

부담없는 가격에 한식을 즐길 수 있는 이곳은 짜거나 맵지 않고 정갈하여 우리 입맛에 딱 맞았다. 그랜드 서클 반환점에서 여행 중 쌓인 피로를 풀고 재충전하여, 다음 여정을 준비하였다.

1905년 사막 위에 세워져 6년 뒤 도시로 등록될 당시의 라스베이거스 인구는 1천여 명이었다. 애틀랜틱 시티와 함께 도박이 허용된 대표적인 도시로, 1931년 카지노 도박업이 합법화되고 1935년에 후버 댐이 완공되자, 1960년 인구는 6만여 명으로 늘었다.

미드 호수로부터 물을 끌어들이면서 도시의 번영은 더욱 가속화되어, 1990년의 26만 인구가 10년 만에 48만 명으로 늘어났다. 물 문제가 대두되었으나 자율적으로 약간의 제한을 할 뿐, 물 부족이 심각한 것은 오히려 캘리포니아주이다.

62만 명의 주민들은 소득세와 법인세가 없는 라스베이거스에서 풍요롭게 살고 있다. 2천 개 이상의 객실을 가진 전 세계 호텔 59개 중 27개가 집중되어 있는 이곳은, 매년 4천만 명이 찾는 엔터테인먼트의 메카로 자리매김 되어있다.

Good Bye, Death Valley

굿 바이 데스 밸리

한여름에 화씨 140도 이상 올라가는 살인적인 더위로 Death Valley라 불리는 국립공원을 찾았다. 황금을 찾던 사람들이 길을 잃고 헤매다 죽음 직전에 이곳을 빠져나오면서, "Good bye, Death Valley"라 했다는 일화가 전해진다.

단테의 신곡 중 지옥편을 연상케 하는 Dante's View에서 반 마일 정도의 트레일을 하였다. 그곳에서는 An Army of Caterpillars와 북미에서 가장 낮은 Badwater Basin Valley가 한눈에 내려다보인다.

1900년대 초까지 기술과 운송 문제로 금광개발이 부진할 때, Pacific Coast Borax 회사는 원료인 Borax를 채굴하였다. Twenty Mule Team이 식량과 광석을 나르던 좁은 골짜기로 들어갔다. 노새마차가 다니던 비포장도로 주변에는 다양한 색상의 토사 둔덕 등 자연 그대로의 풍경이 남아있다.

수백만 년 전에 호수가 마르면서 진흙바닥이 지표에 드러나 만들어진 Zabriskie Point는, 햇빛의 밝기와 위치에 따라 다양한 색상을 연출한다. 당시 광산 책임자의 이름으로 명명된 이곳은, 드라마틱한 모습으로 많은 사람들이 찾는 곳이다.

Golden Canyon 트레일로 밝은 회색의 골짜기를 1마일쯤 오르자 저 멀리 붉은색의 성당이 보인다. 트레일 끝에 있는 Red Cathedral은 성스러운 모습으로 죽음의 계곡을 내려다본다.

호수가 마르면서 소금밭으로 변한 해발 −282ft의 Badwater Basin을 다시 찾았다. 1984년 한 달 렌트비 800불의 두 배 이상을 들여 막 시판된 Sony Beta 휴대용 비디오카메라를 사 들고, 아이들과 함께 왔던 기억이 새롭다. 그때부터 우리는 서서히 여행에 미쳐갔다.

비포장도로를 달려 Devils Golf Course에 들렀다. 안내판에는 골프공처럼 생긴 것들이 보였으나, 눈에는 띄지 않았다. 날카로운 소금 결정체들이 돌처럼 딱딱하여, 스치면 베일 정도로 위험하다. 그래서 악마의 골프장이라 부르나?

롤러스케이트를 타듯 길을 따라 들어가자, 저 멀리 Artists Palette가 나타났다. '화가의 팔레트'가 가장 잘 보이는 언덕에 올라 일몰을 감상한 후, 박물관 옆 주유소에서 갤런당 5불에 6갤런만 보충했다.

시속 44마일의 광풍에 덤불들이 둥치 채 뽑혀, 건물에 부딪칠 때마다 들리는 소리에 놀라 잠을 설쳤다. 숙소를 나와 모래바람을 헤치고 겨우 차에 올랐다.

30여 년 만의 방문이었지만 남편은 그때의 발자취를 정확히 기억해 낸다. Death Valley는 시공을 초월하여 우리 마음속에 늘 함께 있었던 것이다. Good Bye, Death Valley….

Valley of Fire & Hoover Dam

불의 계곡과 후버 댐

기이한 형상의 암석으로 네바다주의 25개 주립공원 중, 제1호 공원 Valley of Fire를 찾았다. 1억 5천만 년 전에 생성된 붉은 사암이 햇빛에 반사되면, 불이 타오르는 것처럼 보여 불의 계곡이라 부른다.

라스베이거스에서 50마일 거리에 있는, 불의 계곡 주립공원의 코끼리 바위는 사진작가들이 즐겨 찾는 곳이다. 벌집처럼 생긴 Beehives 바위와 Arch Rock 등이 방문객들의 시선을 사로잡는다.

4천 년 전 원주민들의 암각화를 보기 위하여 Atlatl Rock 철제 계단을 올랐다. 바위에 새겨진 고대 푸에블로족의 기록은, 근처 모아파 계곡에서 사냥을 하던 모습을 떠올리기에 충분하였다.

Mead 호수 주위의 아름다운 Las Vegas Bay를 돌아본 후, 34년 만에 Hoover Dam을 다시 찾았다. 가이드 투어는 이미 끝났지만 폐장 전이어서 10불을 내고, 박물관으로 들어가 후버 댐의 역사를 돌아보았다.

높이 726ft의 후버 댐은 네바다와 애리조나주의 경계를 흐르는 콜로라도 강물을 막아 만든 세계에서 가장 높은 댐이다. 댐 아래 설치된 17기의 발전기는 2080KW의 전력을 생산하여, 캘리포니아, 애리조나, 네바다주에 공급한다.

Hoover 1929–1933 대통령은 1931년부터 이 댐의 건설 등 대공황을 극복하기 위한 정책을 폈다. 1929년 월스트리트 대폭락이 촉매제가 되어, 1929년부터 1933년 동안 실업률은 4%에서 25%로 증가했다.

대공황Great Depression은 미국 역사상 가장 길고, 깊게 스며든 경제위기로 1939년까지 지속되었다. 후버의 뒤를 이은 프랭클린 루스벨트 대통령은, 경제의 전반적인 단기 회복에 초점을 맞추어, 1933년 1차 New Deal 정책을 편다. 은행개혁법, 일자리 안정책, 농업 정책을 추진하고, 금본위제와 금주법을 폐지했다.

1935년 2차 뉴딜로 내놓은 노동조합 지원, 사회보장 정책을 연방 대법원이 위헌으로 판시하자, 대부분 유사한 정책들로 교체됐다. 뉴딜은 2차 세계대전 중 군수산업의 호황으로 경기가 살아나 역사 속으로 사라졌다.

Grand Canyon Helicopter Tour, AZ

그랜드 캐니언 헬기 투어

1919년 국립공원으로 지정된 Grand Canyon South Rim을 찾아, Bright Angel Trailhead에 있는 Kolb Studio를 방문하였다. 사진 전시와 서점으로 변한 사진작가 Kolb 형제의 스튜디오 안으로 들어가서, 옆문으로 이어지는 트레일로 내려갔다.

저 아래 콜로라도강 밑자락 계곡 숲속 Hopi 마을까지 가려면 노새로 반나절, 걸어서는 하루가 걸린다. 당일로 되짚어 올라오기가 불가능하여 1시간가량 내려가다가 되돌아왔다.

무료 셔틀버스로 West Rim 서쪽 끝 종착역 Hermits Rest를 돌아보고 방문자 센터로 돌아와, Mather Point 트레일 깊숙이 걸어갔다. 길이 277, 폭 18, 깊이 1마일의 계곡에 45억 년의 지구역사 중 20억 년의 모습을 보여주는 형형색색의 지층이 눈앞에 펼쳐졌다.

한편에는 Navajo, Zuni, Hopi 등 부족 이름을 새긴 조형물이 보인다. 선출직 대통령이 있는 원주민 자치국은 고유문화 계승과 백인들과의 불평등 조약에 따른 보상 등 원주민들의 지위와 생활수준 향상에 기여한다.

5층 높이의 Desert View Watchtower를 빙글빙글 돌아 올라가는 동안, 호피족의 생활상이 벽에 가득하였다. 여류 건축가 Mary Colter 1869-1958 는 매년 6백여만 명이 찾는 그랜드 캐니언의 곳곳에, 30년 동안 많은 작품을 남겼다.

Hopi House 1905 , Lookout Studio 1914 , Hermits Rest 1914 , Bright Angel Lodge 1935 중 1932년에 지은 파수대가 대표적 작품이다. 캐니언 절벽 끝쪽에 돌로 지어진 건물이 그랜드 캐니언의 웅대함과 절묘하게 어울려져 하나의 자연처럼 보였다.

페루의 나스까 지상화 투어를 경비행기로 했기에, 이번에는 20불이 추가되는 프라임 타임을 피해, 그랜드 캐니언 국립공원 공항에서 10시 반에 헬기 투어를 했다. 라스베이거스, 피닉스 등 출발지가 다양하고, 투어 방식에 따라 가격도 다른 이 투어의 겨울철 요금은 150불 정도이다. 안전 교육을 받고 체중을 재어 좌석을 배정받았다. 바로 옆 활주로에서는 경비행기들이 계속 하늘로 솟아올라 캐니언 쪽으로 날아간다.

운 좋게 조종사 옆에 앉아 25분 동안 상록수 숲을 가로질러 노스림까지 돌아보았다. TV에서 본 리포터처럼 캐니언 상공을 한 마리의 새처럼 날며, 깎아지른 절벽 사이로 도도하게 흐르는 콜로라도강을 감상하였다.

Wupatki & Sunset Crater Volcano NM

지혜로운 우파키 사람들

1994년부터 62세에 10불로 살 수 있었던 국립공원 라이프 타임 시니어 패스가 2017년부터, 일반인 1년 패스와 같은 가격인 80불로 인상되었다. 1년짜리 시니어 패스는 20불이다. 국립공원에 가서 직접 사면 인터넷 구매 시 부과되는 10불의 수수료를 절약할 수 있다. 패스 소지자가 운전하는 차량은 국립공원[NP]과 국립기념지[NM] 등에 무료입장할 수 있다.

Wupatki에 들어서자 35마일의 루프식 경관도로 주변 황금벌판에, 소떼처럼 보이는 관목들이 나타났다. 방문자 센터에는 500년경부터 농경 생활을 하던 푸에블로족의 유물이 전시되어 있다.

호피어로 '높은 집'이라는 뜻의 붉은 사암 건축물 Pueblo는, 100개의 방과 공회당이 있는 다층 건물이다. 이곳은 메사 베르데와 차코 등과 함께 북미에서 가장 큰 원주민 유적이다.

1천여 명의 호피족 조상 푸에블로[Ancient Pueblo]족은, 주변의 돌과 흙을 이용하여 정교한 건물을 지었다. 그 때문에 구릉지역에 있지만 멀리서 보면 잘 눈에 띄지 않는다. 마을의 들보 나이테 분석 결과 11~13세기의 것으로 밝혀져 700년 이상 이곳에서 살았을 것으로 추정된다.

1040년부터 1100년 사이에 이곳에서는 화산 폭발이 자주 일어났다. 그들은 물을 흡수하여 저장하는 기능이 뛰어난 화산재 토양에서 옥수수와 호박을 재배하였다. 1182년경까지 '높은 집'에서 살았던 80여 명이, 가뭄으로 모두 떠나자 폐허가 되었다.

붉은색 토양과 바위들이 800여 년 전의 모습으로 평화롭게 잠들어 있다. 화산재의 자양분으로 건강하게 자라 은색으로 빛나고 있는 야생화들이, 바람에 흔들릴 때마다 영롱한 빛을 발한다.

1085년의 폭발로 1,120ft 높이의 작은 산을 만들며 많은 화산재를 분출하였던 Sunset Crater Volcano 때문에, Sinagua족은 한동안 임시 대피해야만 하였다. 그로 인해 샌프란시스코 화산대에서 가장 젊은 화산이 된 선셋 화산 국립기념지는 온통 검은색 라바로 덮여있다. 라바 한가운데 건강하게 서 있는 소나무가 경이롭게 다가왔다.

Grand Canyon North Rim

그랜드 캐니언 노스림

오전 8시 반에 유타주 Kanab의 BLM에 The Wave Permit 신청을 하고, 9시에 홀 안으로 들어갔다. 신청자 67명의 번호가 들어있는 로터리 바스켓을 돌려, 2명 그룹과 3명 그룹이 당첨되었다.

15번째 시도에서 뽑힌 3명 그룹은, 자기 번호를 부르자 자리에서 벌떡 일어나 환호성을 지른다. 남은 자리 5개를 놓고, 세 번 더 추첨할 때마다 경쟁자였던 참가자들이 뜨거운 박수를 보낸다. 기회를 얻지 못한 사람들은 가까운 명소를 찾아 하루를 즐긴다.

다음 날 어제 번호 21을 제출하여 새 번호 32를 받았다. 97명 중 처음 2명이 당첨되고, 두 번째로 32가 호명되었다. 남편이 활짝 웃으며 행복한 미소를 보낸다. 우리가 된 것이야? 내 손이 번쩍 올라갔다. Yes!

당첨자 10명만 남아 30여 분 동안, 트레일을 위한 교육을 받았다. 내일 웨이브에 간다는 꿈같은 현실에 구름 위를 둥둥 떠다니는 기분이 들었다.

10월 15일부터 그랜드 캐니언 North Rim 방문자 센터와 편의점이 문을 닫기에, 식품점에 들러 빵과 육포 등을 사 들고, 80여 마일 떨어진 해발 8,297ft의 노스림으로 향하였다. 소방관들이 산불과 병충해를 막기 위하여, 마른 가지들을 태우고 있었다. 눈이 내리면 바로 도로가 폐쇄되기에, 숙소들은 겨울나기 보수 공사가 한창이다.

2011년에는 강풍과 고소공포증으로, 반 마일의 Bright Angel 트레일 입구에서 사진만 찍고 나왔다. 이번 2013년에는 로또에 당첨된 기분에, 뷰포인트마다 들러 여유롭게 감상하였다. Kaibab Trail에서 늑대를 만나 발이 얼어붙어, 지나가기를 기다려 바로 발걸음을 돌렸다.

89A 남쪽으로 내려가, 은색의 Navajo Bridge 위에서 짙은 초록의 콜로라도강과 붉은 절벽을 감상한 후, House Rock에 들렀다. 비바람을 피해 잠시 머물 수 있는 바위집에는, 굴뚝과 창문틀이 아직 남아있다.

그랜드 캐니언 노스림 입구 Jacob Lake의 통나무 캐빈 식당은, 포수들의 무용담으로 시끌벅적하였다. 로또 방식으로 800명한테 1마리 사슴 사냥 퍼밋을 주는데, 매년 5천 명 이상이 몰려든다.

전기히터 소리가 요란하여 끄고 자다가, 통나무 틈새로 들어온 매서운 찬바람으로 몸살감기에 걸렸다. 누가 이 웨이브 퍼밋을 1만 불짜리 로또와 바꾸자면? 하고 남편에게 농담 삼아 물으니, 2만 불도 안 된다고 잘라 말한다. 못 가게 되면 실망이 클 것 같아 아픈 내색도 할 수 없었다.

The Wave

더 웨이브, 지상 최고의 비경

하루 20명만 입장시키는 The Wave Coyote Buttes North 퍼밋은 Online과 Walk-In으로, 각각 10명씩 추첨한다. 4개월 전에 참가비 5불을 내고 3일을 신청하였으나 낙방하여, 나머지 10명을 뽑는 추첨에 참가하고자 Kanab으로 갔다.

BLM에서 신청비 없이 시도하였으나 실패하고 자이언을 다녀왔다. 다음 날 당첨되어 퍼밋비 7불을 내고 교육을 받은 후, 그 길로 2시간 거리의 그랜드 캐니언 노스림에 다녀왔다. 당첨된 다음 날인 2013년 10월 25일에 웨이브 대장정에 올랐다.

애리조나와 유타주 경계의 Vermilion Cliffs National Monument 안에 있는 이곳은, 바위가 파도치듯 새겨져 있는 모습으로 '더 웨이브'라고 부른다.

Dashboard에 파킹 티켓을 보이게 올려놓고, 퍼밋을 단 배낭을 메고 지도를 손에 든 채 노란 야생화 들판을 걷다가 길을 잃었다. 남의 발자국을 따라가지 말고 돌아오라는 말이 생각나, 철제박스에 비상 연락처를 남기지 않았기에 트레일 헤드로 다시 왔다.

가벼운 옷으로 갈아입은 다음 고무캡이 박혀있는 스틱을 들고, 독일에서 온 젊은 커플을 만나 함께 길을 나섰다. 우리를 보자 그 커플은 대뜸 우리의 추첨 번호 32번을 부른다. 마감 3분 전에 신청하여 43번으로, 우리 다음으로 당첨되었다고 한다.

첫 번째 구간에서 Coyote Wash를 따라 반 마일 정도 가다가, 오른쪽으로 비스듬히 올라가는 Path가 있고, 길 가운데 팻말과 표지만이 보인다. 그 길 언덕에 올라 Sage 가득한 모래길 트레일을 지나, 건개천을 건너 사암 바위길을 한참 올랐다.

보폭과 체력 차이로 우리가 뒤처지자, 자꾸 뒤돌아보기에 먼저 가라고 손짓하며 보냈다. 조금 지나 바위 언덕을 돌아서니 앞서가던 그들이 보이지 않는다. 한참 뒤에 우리 뒤로 보이는 그들에게 스틱을 크게 흔들어 위치를 알렸다. 바쁘게 다가온 그들은 잠시 길을 잃었다며 안도의 숨을 내쉰다.

기이한 형상의 바위들 중에는 거대한 햄버거 바위도 있다. 유타와 애리조나주 전부를 국립공원으로 지정해야 한다는 주장이 설득력이 있어 보인다. 마지막 모래언덕을 올라 웨이브가 가장 잘 보이는 곳에 자리를 잡았다.

연한 사암의 파도 문양이 쉽게 부스러지기에, 입장객을 제한하고 하루 전에 철저한 교육을 시킨다. 스파이크 등산화는 착용할 수 없고, 스틱이 필요한 사람은 고무캡을 끼어 사용하여야 한다.

화보에서 보았던 장면이, 지금 내 눈 앞에 펼쳐지는 꿈같은 시간이다. 어제 추첨에서 마지막 한 자리에 당첨된 친구는 다음 날 다시 시도하겠느냐는 담당관의 질문에 "No"라 대답하고, 부인과 헤어져 혼자 여기까지 왔다.

오후 1시 이후에는 그림자가 나타나기에, 사진 촬영에는 오전 10시부터 12시 사이가 좋다. 푸푸는 모래 6인치를 파고 묻고 휴지와 쓰레기는 들고나온다. 정해진 트레일이 없어 정확하게 말할 순 없으나, 왕복에 8마일 정도이다. 독일 젊은 커플과 32, 43을 서로 부르며 작별하였다. 여름에는 길 잃은 사람이 더위에 지쳐 사망하기도 하는 이 트레일은, 매 순간 자신이 결정하는 매력 만점의 코스이다.

Pipe Spring NM & Coral Pink SP, Utah

중혼을 다시 허용하려는 유타

애리조나주의 Pipe Spring 국립기념지 방문자 센터 뒷문으로, 가이드 투어가 시작되는 Winsor Castle로 올라갔다. 몰몬교도들은 1870년 파이프 스프링 식수원 바로 위에 윈저성을 지었다.

1851년 유타 주지사가 된 몰몬교의 리더 Brigham Young 1801-1877 은 1852년 중혼을 합법화하는 법령을 발표한다. 이에 연방 정부는 중혼 금지 prohibition of polygamy 인 연방 헌법에 도전했다 하여, 1857년 2,500명의 군대를 이끌고 와 주지사를 교체한다. 1872년 이곳으로 피신한 브링햄은, 포교에 집중하여 솔트레이크 시티를 중심으로 한 몰몬의 영향력을 키운다. 그러나 이곳이 중혼한 부인들의 은신처로 사용되었기 때문에, 몰몬은 그 벌금으로 이 캐슬의 소유권을 잃게 된다.

중혼을 허용하는 몰몬이 압박을 받자, 과격한 신도들이 들고일어나 연방 정부와의 전쟁을 선포한다. 다행히도 그들은 전투 일보 직전에 항복하여, 연방 정부는 노예제도 폐지에 따른 분열된 국론을 수습하고, 중혼 금지의 법적 기틀을 확고히 한다. 몰몬은 1850년부터 1870년 사이에 유타주 중앙에서 남쪽으로 진출을 계속한다. 말일성도 예수그리스도 교회라는 이름으로 미국 내 6백만, 브라질, 멕시코 등에 9백만의 신도를 둔 세계 종교로 성장한다.

야외 전시장의 축사들을 돌아보며, 몰몬교도들의 애리조나 카우보이 생활 모습들을 살펴볼 수 있었다. 그들은 Tithing 제도를 두어 10가정이 교대로 가축들을 함께 돌보며 목가적인 삶을 살았다.

2020년 2월 유타주 상원위원회는 만장일치로 168년 만에 중혼 차별 금지 법안을 통과시켜, 이중 결혼을 중범죄에서 경범죄로 만들었다.

케납에서 89번 도로를 타고 8마일 정도 북상하여 팻말을 따라 10마일 정도 들어가면, Coral Pink Sand Dunes 주립공원이 나타난다. 방문자 센터 옆에서 석양에 물들어지고 있는 코랄 핑크의 모래 언덕을 거닐었다.

강한 바람과 모래가 만들고 있는 이 언덕은, 인근 사막에서 날아온 샌드스톤 가루가 쌓이면서 지금도 성장하고 있다. 영화 〈알리바바와 40인의 도적〉, 〈맥케나의 황금〉 등이 촬영될 정도로 이곳의 경관은 매력적이다.

Upper Antelope Canyon, AZ

앤텔롭 캐니언

가이드 나바호 아가씨 Melody는 애리조나 Page에서 가장 멋진 곳이 Mt. Sheep Canyon이라며, 4륜 짚으로 우리를 안내한다. 앤텔롭 캐니언 중에서 가장 길고 좁은 1.5마일의 산양 캐니언은 마치 3D 영화를 보는 듯한 환상적인 모습이다.

겁이 많은 산양은, 관광객들을 피해 멀리 달아나 보이지 않은 지 오래다. 이 산양 계곡은 Antelope Upper와 Lower Canyon의 모습을 다 갖춘 보물 같은 곳이다.

산양계곡 입구에 도착하니, 8시간에 208불 하는 Photographers Tour 팀이 앞서 들어간다. 상업용 사진을 찍는 고급 카메라가 없는 우리는, 5.5시간에 188불로 삼각대를 쓸 수 없는 Hikers & Sightseers 투어를 선택하였다. 앞 팀이 삼각대를 써가며 시간을 끌어주어, 여유 있게 팔꿈치를 삼각대 삼아 사진과 동영상을 찍어가며, 산양 계곡을 즐겼다.

트레일 바닥이나 벽에 똬리를 틀고 들쥐를 기다리는 방울뱀에게 물리면 몇 분 만에 사망에 이르는 Rattlesnake 캐니언을 찾았다. 방울뱀은 우리가 미처 보지 못하고 건드리면 물기에, 멜로디는 3ft쯤 되는 퉁소 같은 악기를 방패 삼아 들고 씩씩하게 앞서갔다. 작은 연주홀 같은 곳에 도달하자, 멜로디는 전통악기로 멜로디를 연주한다.

투어 집결지 AZ 98 Mile Marker 302 Station으로 돌아와 30분가량 휴식을 취했다. 황량한 사막길에 마일 마커만 꽂혀있어 쉽게 지나칠 수 있는 이곳은, 투어가 끝나면 모두 철수하여 화장실만 덩그러니 남는다.

Upper Antelope 캐니언은 이곳에서 2마일의 모래사막을 달려가야 하기에, 차를 두고 투어버스나 가이드의 차량을 이용해야 한다. 바람과 빗물의 침식 작용으로 기이한 형상을 하고 있는 앤텔롭 캐니언은, 사진의 각도나 햇빛에 노출된 정도에 따라서 색감이 변한다.

정오 앞뒤 두 시간가량 천장에서 내려오는 태양광선을 이용하여, 멋진 사진을 촬영할 수 있다. 가이드들이 모래를 먼지처럼 날려, 햇빛에 반사시켜 예술 사진을 찍도록 도와주며, 하트 형상 등을 찾아내어 카메라에 담아준다.

Lower Antelope & Owl Canyon

로어 앤텔롭과 부엉이 계곡

Hikers & Sightseers 투어의 마지막 코스로 Owl Canyon으로 들어가니, 높은 절벽 아래 바위에 숨어 꾸벅꾸벅 졸고 있는 부엉이가 보인다. 2ft 이상 되어 보이는 이 거대한 부엉이는, 야행성 동물로 낮에는 잠을 자다가 밤이 되면 활동을 시작한다.

Mile Marker 302 Station에서 2마일 정도 내려가, 화력발전소를 끼고 돌아 Lower 앤텔롭 캐니언으로 갔다. Upper 캐니언 투어 영수증을 보여주고 8불의 주차비를 면제받았다. 걸어서 바로 투어를 할 수 있기에, 투어비는 Upper의 반액으로 신용카드로 지불시 5%의 수수료가 부과된다.

1997년 8월, 갑작스러운 홍수로 관광객 11명이 익사한 로어 앤텔롭은, 방문자들이 많지 않아 섬세한 부분까지도 자세히 관찰해볼 수 있다. 물에 깎이고 바람에 다듬어져 만들어진 좁은 계곡을 돌아보는 동안, 몸을 옆으로 하여 한 발만 겨우 디디며 지나가기도 하고 여러 번 사다리를 오르내렸다.

천장으로부터 쏟아져 내리는 빛으로 인디언 추장처럼 보이는 배경 앞에서 인생 사진을 찍으며 한 시간가량 황홀경에 빠졌다. 가이드가 지정해주는 촬영 포인트에서는 촛불이나 동물 등 여러 가지 형상이 신비롭게 나타났다.

철계단을 여러 번 갈아타고 지상 출구로 올라와, 주차장으로 가는 길에 공룡 발자국들이 많이 보였다. Glen Canyon 국립휴양지의 일부로 로어 앤텔롭에서 20분 거리에 있는 Horseshoe Bend로 이동하였다.

절벽 위에서 내려다보는 말굽협곡은 문자 그대로 장관이었다. 바위 끝에 매달린 포즈로 무모한 용기를 자랑하는 젊은이들에게, 사진이 결코 목숨만큼 귀하지 않다고 말해주고 싶었으나 남편부터 챙겨야 했다.

파웰 호수와 Glen Canyon Dam에서 가까운 말굽협곡은, 페이지에서 4마일 남쪽에 있다. 특이한 컬러와 패턴으로 이루어진 글렌 캐니언 댐 트레일을 따라 10분쯤 걸어 내려가, 전망대에서 저녁노을을 감상하였다.

Rainbow Bridge, Lake Powell

레인보우 브릿지, 세계 7대 자연 비경

자동차로는 쉽게 접근할 수 없는 Rainbow Bridge에 가기 위해 Wahweap Marine에 있는 Lake Powell Resort에서 보트 투어를 기다렸다. 거울같은 호수 위로 해가 서서히 떠오르면서, 주변의 암벽들을 붉게 물들이자 배들도 기지개를 켠다.

호수 수면까지 한참 걸어내려가 나바호족 여선장이 이끄는 보트에 오르자, 영어와 한국어 등으로 안내방송이 나온다. 세계 7대 자연 비경을 찾아 2시간 배를 타고 2시간 동안 트레일을 하고, 2시간 타고 나오는 6hr 보트 투어는, 여름에는 아침 7시 반과 오후 2시에, 9월부터는 오전 7시 30분에 한 번 운행한다.

글렌 캐니언 댐을 건설하면서 생긴 파웰 호수는, 1972년에 국립휴양지로 지정된 수상 레포츠의 천국이다. 이곳 세 군데 정박장에는 1,200여 척의 호화 요트들이 있다.

호수 저편에 있는 나바호 화력발전소는 주변의 1백만 주민들에게 전기를 공급하며, 나바호와 호피족에게 매년 700만 불의 수익과 400개의 일자리를 제공한다. 족히 200년은 쓸 수 있는 매장량을 가진 Black Mesa 탄광의 저유황, 고열량 석탄 사용으로 이산화황과 질소 산화물 배출이 매우 적다.

선착장 부교 위에 떠 있는 화장실에 들른 다음, 왕복 2마일의 트레일을 시작하였다. 모래와 자갈로 이루어진 트레일을 따라, 굽이굽이 돌며 나타나는 절경들 사이로 무지개다리가 보였다.

생긴 모양은 비슷하나, 바람과 비에 의해서 형성된 것을 Arch라 하고 물길에 의해 깎여 만들어진 것을 Bridge라 부른다. 지구상 Natural Bridge 중에서 가장 큰 이 브릿지는 높이 290ft, 넓이 275ft, 상단 두께 42ft, 상단 폭 33ft로, 뉴욕 자유의 여신상이 그 아래 들어갈 수 있다.

돌아오는 길에 물 속에서 강철 케이블을 건져내는 사람들을 만났다. 그들은 최근 10년간의 가뭄으로 수위가 낮아지면서, 수위가 높았을 때 부교를 고정시켰던 앵커와 쇠사슬 등을 제거하고 있었다.

12시까지 선착장에 집결한 일행은 유람선에 다시 올랐다. 호수면이 낮아져 좁아진 수로를 따라, 미로처럼 생긴 바위 사이를 돌아 메인 채널로 들어섰다. 배에서 내려 한참을 걸어 올라오면서, 파웰 호수의 수위가 많이 낮아졌음을 실감하였다.

Monument Valley & Mexican Hat

모뉴먼트 밸리와 멕시칸 햇

유타주 남부와 애리조나주 북부에 걸쳐있는 Monument Valley는, 2억 7천만 년 전의 지층이 풍화, 침식에 의해서 지금의 모습이 되었다. 로키산맥에서 대량의 철분이 함유된 강물이 흘러 하류에 퇴적해, 당시의 높은 산소 농도로 철분의 산화가 급속히 진행되어 붉은색이 되었다.

선주민은 1300년경에 사라지고, 나바호족이 거주하면서 그들의 성지가 되었다. 영화감독 존 포드가 〈역마차〉 등의 촬영을 감독하였던 곳은, John Ford's Point로 포토존이 되어있다.

2012년 여름 Monument Valley Navajo Tribal Park를 찾아, 5불의 입장료를 내고, 17마일의 비포장도로로 이곳의 비경을 돌아보았다. 100도가 넘는 더위를 피하여, 방문자 센터 식당에서 식사도 하며, 박물관에서 2차 세계대전 시 나바호 청년들의 활약상도 살펴보았다.

2015년 10월에는 입장료가 10불이었으나, 그 후 20불로 올라 현찰로만 받는다. 95불짜리 개인 투어로 세 시간 동안 나바호 전통가옥을 돌아보며 그들의 손님이 되었다.

딸 아이가 세척된 양털을 철솔로 문질러 보푸라기를 만들어 건네자, 엄마는 물레를 이용하여 실의 굵기를 조절해서 카펫의 재료인 굵은 실을 만든다. 팁을 주자, 그 소녀는 수줍어하며 "Thank you"를 하는 둥 마는 둥 안채로 총총 사라진다.

가이드는 장소를 옮길 때마다, 주술사였던 아버지가 불러주었던 자녀의 성공과 건강을 축원하는 노래 등으로 우리를 축복한다. 몸이 아프거나 생리 중인 여성들이 합숙을 해가며, 심신을 회복하는 동안 남자들의 접근을 금지하는 힐링 캠프도 돌아보았다.

100ft 높이에 안쪽으로 둥그렇게 파인 Hogan에 누워 천장에 뚫려있는 Sun's Eye를 통해 파란 창공을 바라보았다. 시원한 그늘이 있는 천연 음악당에서는, 다른 가이드가 전통악기를 연주하고 있었다.

30만의 인구로 565부족 중 가장 큰 나바호 Nation은 1950년경부터 대통령을 선출하여 정부 조직을 갖추고, 학교와 병원 등을 확충하여 삶의 질을 향상시키고 있다. 도시 생활을 하고 있는 젊은이들도 축제 때가 되면 자기 부족으로 돌아와, 부족원들의 교육에 열심이다.

정교하게 짜여진 카페트처럼 아름다운 색과 규칙적인 패턴이 산등성이를 덮고 있는 환상적인 풍경을 바라보며, 20여 마일을 달려 Mexican Hat을 찾았다. 허허벌판 나지막한 언덕 위에, 멕시칸 모자를 닮은 둥근 바위가 아슬아슬하게 걸쳐져 있다. 이곳의 거센 바람을 얼마나 더 버텨낼 수 있을지….

Goulding's Museum & Goosenecks SP

굴딩과 구즈넥스 주립공원

1924년부터 Harry와 Mike는 Goulding's Lodge에서 Trading Post와 숙박업을 하며 예술인들과 친분을 맺는다. 그들은 John Ford를 설득하여 모뉴먼트 밸리를 할리우드 영화 촬영지로 만들었다. 이곳에서 촬영된 16편 이상의 영화가 대박을 터트리자, 많은 관광객이 찾는 명소가 되었다. 이 황무지를 서부영화의 메카로 만든 굴딩 부부의 집은 Goulding's Trading Post Museum이 되었다.

영화 관람실에는 〈Forest Gump〉, 〈A Space Odyssey〉, 〈Fort Apache〉, 〈Stagecoach〉, 〈Back to the future 3〉 등에 대한 자료가 빼곡히 전시되어 있다. 스크린 앞에 앉아 영화를 보던 노부부는, 우리가 들어와 굴딩 부부의 내실이었던 박물관 2층을 돌아보고 나갈 때까지도 서부영화 삼매경에 빠져 있다.

John Wayne Cabin에 들어가, 멋진 결투 장면으로 전 세계인들을 열광시켰던 존 웨인의 모습을 회상해 보았다. 그 당시 마시던 술병과 말안장 그리고 포스터 등도 전시되어 있다. 높은 산을 병풍 삼아 모뉴먼트 밸리가 내려다보이는 산자락 세이지 수풀 사이에서 수많은 양떼들이, 늦은 오후 약해진 햇볕을 즐기며 풀을 뜯고 있다.

30여 마일 달려, San Juan강 물길이 휘감아 흐르며 여러 마리의 거위목 형상을 만든 유타주의 Goosenecks 주립공원에 도착하였다. 입장료 5불을 봉투에 담아 함에 넣고, 자연의 경이로움에 취해 한참을 머물렀다. 캠핑은 하룻밤에 10불이다.

이 주립공원 전망대에서는 1,000ft 절벽 아래로 2~3개 정도의 거위목을 볼 수 있다. 그러나 6마일 떨어진 Moki Dugway 정상 부분의 Muley Point에서는 구즈넥스의 전경을 제대로 감상할 수 있다.

Bluff & Natural Bridge NM, Utah

블러프와 내츄럴 브릿지

몰몬의 San Juan 선교 개척단은, 먼저 정착한 사람들의 배척으로 황량한 Bluff 지역에 도착하였다. 1880년 200여 명이 만든 마을은 70명까지 주민이 줄었다가, 1950년 우라늄 광산 발견으로 다시 200여 명으로 늘어났다.

Bluff Fort는 서부 오지 개척사를 상세히 보여주는 야외 전시장이다. 가지런히 자리잡고 있는 조그만 통나무집에서 신앙생활을 하던 모습들이 그대로 보존되어 있다. 초인종을 누르자, 그 가정의 내력을 설명해 주는 방송이 나온다. 집 안에는 오래전에 살았던 집주인의 사진과 살림살이, 그리고 부모님이 만들어 준 인형과 나무 장난감 등이 있다. 통나무 학교 교실과 말편자, 마차 부품을 만들던 대장간도 보인다.

이곳을 방문했던 독일인 Wagon 수집가가 독일에 돌아가, 자기가 수집한 마차 중 가장 역사적 가치가 있는 것을 골라 분해하여 보내주었다. 그의 정성에 감동받은 이곳 사람들은, Wagons donated from Germany이라 표시된 웨이건을 마당 한가운데 전시해 놓았다.

몰몬교도가 된 정착 초기의 주민들은, 원주민 부족끼리 화해도 시키며 주위의 원주민들과 좋은 관계로 지냈다. 그들의 후예들이 매주 금요일, 방문자 센터 위층의 무도장에서 댄스파티를 즐긴다. 아래층에서는 커피와 직접 구운 과자 등을 팔고 있었다.

40여 마일 북쪽으로 달려, 1908년 유타주 최초로 국립공원 서비스가 제공된 Natural Bridge 국립기념지로 향하였다. 261번 도로의 moki dugway는 비포장 switchback 길로, 가드레일이 없는 위험천만한 길이다.

모뉴먼트 밸리와 구즈넥스 주립공원이 멀리 내려다보이는 이곳 왼쪽 아래에는 신들의 계곡이 있다. 이곳에서 캠핑을 하며 광야의 소리를 들어보는 것도 유타의 진면목을 느낄 수 있는 한 방법일 것이다.

네츄럴 브릿지 국립기념지에는 Kachina, Owachomo Sipapu 등 3개의 다리가 있다. 시파푸족은 조상 호피족이 하늘에서 내려와 시파푸 다리를 건너 세상으로 왔으며, 죽은 후에 그들의 영혼도 이 다리를 지나 하늘로 올라간다고 믿는다.

반경 30마일 안에 마을이 없기에 밤에는 별을 구경할 수 있는 최적지로, International dark sky Association에 의해 세계 최초의 국제 밤하늘 공원으로 선정되었다.

Mesa Verde National Park, CO

메사 베르데 국립공원

콜로라도주의 Mesa Verde 국립공원 방문자 센터에서 3불짜리 Cliff Palace 투어 티켓을 사들고, 22마일 떨어진 투어 집결지로 향하였다. 8,572ft의 Park Point 전망대의 짧은 트레일을 돌며, 메사 베르데의 장관에 흠뻑 빠졌다. 입장료는 차량당 15불이나, 5월부터 10월까지의 성수기에는 20불이다.

북미에서 가장 큰 절벽 거주지 Cliff Palace는, 좁은 돌계단을 통하여 계곡 아래로 한참 내려가 다시 사다리를 타고 올라가야 한다. 문화유산 보호를 위한 국립공원답게, 공원 Ranger는 1시간 동안 설명과 질문에 답변하며 자연스럽게 일행들을 역사 속으로 이끌어 갔다.

함박눈이 내리다가 우박으로 변하는 날씨에도 진지한 투어가 계속되었다. 550년경부터 움집[Pit House]에 살던 그들은, 750년경 위쪽의 평평한 Mesa Top에서 농사를 짓고, Juniper Berry 등을 먹으며 공동체를 형성하였다.

1190년경부터 적들의 공격을 효율적으로 막아내기 위하여, 절벽을 지붕 삼아 집을 지었다. 절벽 아래 5층짜리 집을 짓고, 사다리와 돌계단으로 Mesa Top을 오르내렸다. 점토에 섬유질과 동물의 내장을 섞어 만든 Adobe 벽돌이 800여 년의 세월을 견디고 있다.

200개의 방과 23개의 Kiva가 있는 이곳은 협소한 공간을 잘 활용하여, 균형 있게 지은 훌륭한 거주지이다. 키바는 제의와 사교의 목적으로 사용되었던 지하방으로, 원로가 제사를 지내며 후손들에게 말로써 그들의 역사를 가르친 곳이다.

1200년경에 아나사지족들에 의해 만들어진 Spruce Tree House는 114개의 방과 8개의 키바로 구성되어 있다. 수백 명은 족히 살았을 아파트 같은 거주지 키바에서는 온화하고 조용한 분위기가 느껴졌다.

아나사지족의 박물관에는 관개 시설로 옥수수와 콩 등을 재배하여, 가루를 만들던 기구들이 전시되어 있다. 도자기와 바구니 만드는 기술이 뛰어났던 그들은, 23년간 계속된 극심한 가뭄을 견디지 못하고 1300년 초에 떠났다. Sun Temple을 돌아보고 공원을 나왔다.

스페인어로 Mesa는 Table, Verde는 Green으로, 메사 베르데처럼 평평한 대지가 침식되면서 깎아지른 절벽 위에 탁자 모양의 Green Table을 의미한다. Butte는 더 웨이브처럼 메사가 침식을 거듭하여, 엉덩이 모양으로 남아 있는 형상을 말한다.

1888년 발굴과 도굴의 경계가 불분명했던 당시, Richard Wetherill은 유물들의 일부를 Historical Society of Colorado에 팔고, 대부분은 본인이 소장하였다. 1906년에 이곳이 국립공원으로 지정되기 이전에 반출된 유물들은, 유럽의 여러 박물관에 소장되어 있다.

Great Sand Dunes National Park

그레이트 샌드 듄스 국립공원

해발 13,297ft의 Herard산 만년설 아래에 있는 Great Sand Dunes를 찾아 1인당 3불의 입장료를 내고 모래산으로 들어갔다. 로키산맥의 지류로 San Juan과 Sangre De Cristo산맥 사이에 있는 San Luis Valley로 흘러내린 물이 모여, 호수와 강을 이루다가 물이 말라버렸다.

서남풍에 의해 동쪽으로 이동하던 모래가 동쪽 산맥에서 부는 강한 바람을 만나, 바람의 속도가 낮아지면서 이 지점에 떨어졌다. 44만 년 동안 쌓인 모래는 거대한 언덕을 만들어, 북미에서 가장 높은 해발 8,175ft의 Great Sand Dunes가 되었다.

저 멀리 설산에서 눈 녹은 물이 흘러 내려와 밤새 말라 있던 개울 바닥을 촉촉하게 적신다. 아주 느리게 내려오고 있는 물줄기를 앞질러 모래언덕으로 올라, 끝없이 펼쳐진 사구들의 절경을 보며 힘들게 올라온 수고에 보상받았다.

강한 바람에 솟아오르는 모래 알갱이들이, 끊임없이 높은 곳으로 올라가 모래언덕을 더 크고 높게 만든다. '티끌 모아 태산'이라는 중국의 4,635ft 태산보다 두 배나 높은 모래산을 누비며, 변신을 거듭하고 있는 모래 둔덕에 흠뻑 취했다.

Rocky Mt. National Park

로키마운틴 국립공원

콜로라도주 로키산맥 자락 해발 8,236ft에 있는 Netherlands는, 1850년에 네덜란드인들이 세운 주민 1,500여 명의 광산마을이다. 편의점에서 홈메이드 빵과 따끈한 커피 한 잔을 사 들고, 험준한 능선과 계곡을 곡예 운전하듯 넘나들며 Beaver Meadow로 향하였다.

미국의 알프스라 불리는 로키마운틴 국립공원은 매년 300여만 명이 방문하는 명소이다. 해발 1만ft의 산봉우리들과 150개 이상의 빙하 호수가 연출해 내는 숨막히는 절경은 언제 보아도 새롭다. 이곳에는 제일 낮은 몬테인과 그 위에 서브 알파인 그리고 가장 높은 곳에 알파인 툰드라 생태계가 있다.

7,500~8,700ft에 있는 몬테인 생태계의 비버 메도우는 빙퇴석 사이에 생긴 호수의 물이 마르면서 초원으로 바뀐 곳이다. 사슴들이 아스펜 껍질을 발라먹어, 검은색으로 변한 나무 둥치가 몸살을 앓고 있다.

해발 8,720ft에 있는 0.8마일의 Sprague Lake 트레일에서 눈을 밟으며 반쯤 얼어있는 호수를 따라 한 바퀴 돌았다. 트레일 끝의 다리 아래 얕은 개울 얼음 사이로 제법 큰 등목줄 연송어들이 보인다. 이 연어들은 낚시 면허를 소지한 16세 이상 조사들이 Catch & Release로만 즐길 수 있다.

해발 8,700~10,800ft에 있는 서브 알파인 생태계의 출발점인 Bear Lake는, 1만 5천 년 전에 500ft 두께의 빙하가 지나가면서 생긴 분지에 빙하수가 고여 만들어진 호수이다. 해발 9,475ft의 베어 레이크를 한 바퀴 도는 내내 푹푹 빠지는 눈길을 걸었다. 거대한 고드름이 이곳이 로키에서 가장 추운 곳임을 보여준다.

Trail Ridge Rd와 Old Fall River Rd로 갈 수 있는 해발 10,800ft 이상의 알파인 툰드라 생태계는, 10월부터 다음 해 5월까지 폭설로 도로가 폐쇄된다. 48마일의 Trail Ridge Rd는 동쪽의 Estes Park에서부터 서쪽의 출입문인 Grand Lake까지, 미국의 동서를 가르는 Continental Devide를 관통하는 도로이다.

미국에서 포장도로로서는 가장 높은 곳에 위치하고 있으며, 미국의 10대 산악도로 중 으뜸이다. 그러나 날씨가 추워지면 눈이 쌓이고 빙판으로 변하기 때문에 1년의 반 이상이 폐쇄된다. 8마일 비포장도로 Old Fall River Rd는 일방통행이고, 로키를 깊이 들어가 볼 수 있는 하이킹 수준의 승용차 전용 도로이다.

Tundra Communities 트레일로 이 국립공원에서 가장 높은 12,000ft에 펼쳐져 있는 알파인 툰드라 생태계를 돌아보았다. 모든 툰드라 식물들은 짧은 여름 동안 잠깐 녹는 토양에 바짝 붙어, 강한 바람을 버텨내며 화려한 꽃을 피운다.

로키산맥은 20억 년 전 바다 밑에 잠겨 있었다. 15억 년경에 지구 속에서 솟아오른 용암은 지상까지 올라오지 못하고 냉각되어 화강암 등으로 변화하였다. 이때의 암석층이 로키산맥의 기본 토대가 되었다.

2천5백만 년 전에 융기된 것이 오늘날의 로키산맥이 되었고, 1백만 년 전부터 수차 계속된 대빙하의 작용으로 산봉우리와 계곡의 모양이 달라졌다. Alpine 방문자 센터의 고도는 11,796ft이며 덴버의 기온보다 화씨로 30도 정도 낮은 편이다.

국립공원에서 내려와 Fort Collins를 지나며 산쪽을 바라보니, 산불이 활활 타올라 방금 즐겼던 아름다운 숲과 나무들을 잿더미로 만들고 있다. 시내가 온통 연기에 휩싸여 신호등마저 뿌옇게 보인다.

Coors Brewery & Denver Art Museum

쿠어스 맥주와 덴버 미술관

1873년에 William Silhan에게서 체코식 Pilsner Style Recipe를 5불에 구입한 독일 이민자 Adolph Coors는, 2천 불을 투자하여 맥주 회사를 설립한다. 로키산의 빙하수로 만든다는 홍보를 구사하여 시장을 점유해 가던 쿠어스는, 2007년 Miller 맥주회사를 병합하여 연매출 110억 달러가 넘는 세계 5대 맥주회사로 성장하였다.

Golden 시내의 14가와 Ford 선상에 있는 Coors 방문자 주차장에 차를 두고, Coors Brewery 투어 셔틀버스 정류장으로 갔다. 공장에 도착하여 21세 이상인지 나이 확인을 받은 다음, 오디오 수신기를 들고 투어를 시작하였다.

단일 공장으로는 세계에서 가장 큰 공장에서 맥주 만드는 과정을 돌아보고, Coors와 Coors Light를 시음하였다. 쿠어스 라이트에 그려진 로키산맥의 하얀 산은, 맥주의 온도가 차가워지면 파란색으로 변한다. Miller Coors의 Genuine Craft는 신선하고 고소한 맛이 난다.

150여 년 전, 골드러시 열풍 속에 서부로 가던 사람들이 잠시 쉬었던, 조그만 마을 덴버가 미국 교통과 물류 시장의 중심이 되었다. 주청사가 해수면에서 1마일의 높이에 있기에 '마일 하이 시티'라고 부른다.

거리 곳곳의 특이한 조형물들을 감상하는 것도 덴버 여행의 묘미이다. 법원 청사 건물조차도 한편의 예술품으로 다가왔다. 한 무리의 젊은이들이 Electric Self Balanced Scooter를 타고 시내 투어를 한다.

Denver Art 박물관에서는 꿈나무들의 Drawing Studio가 성시를 이룬다. 아메리카 원주민이 많이 살던 이곳에는, 원주민들의 생활을 묘사한 작품들이 곳곳에 전시되어 있다.

Red Rocks Park and Amphitheatre

레드락스 원형극장

Red Rocks Park and Amphitheatre는 덴버에서 10마일 서쪽 Golden시에 있다. 삼면을 둘러싼 거대한 수직 붉은 사암이 완벽한 음향 효과를 내는 이곳에, John Walker는 1906년부터 'Garden of Titans'라는 임시 무대로 콘서트를 열었다.

레드락스 지역을 사들인 덴버시는, 1936년부터 5년에 걸친 시공으로 9천여 명을 수용하는 야외 원형극장을 만들었다. 비틀즈 등 세계적인 가수들이 공연하였던 이곳은, 전 세계 음악가들의 꿈의 공연장으로 록그룹의 성지가 되었다.

공연 동영상이 상영되고 있는 소극장에는, 1964년에 입장료가 6.5불이었던 비틀즈의 포스터도 보인다. 좌우 수직바위가 관중석을 감싸고 있는 무대는, 자연과 인간이 하나되어 멋진 장면을 연출한다.

콜로라도의 계관시인으로 불리는 존 덴버1943–1997의 본래 이름은 도이첸도르프이다. 자신이 가장 좋아하는 도시 이름으로 예명을 지은 그는, 1970년대 초부터 죽을 때까지 이곳에서 살았다. 그의 노래 'Rocky Mountain High'는 콜로라도주의 공식 주가이다.

해마다 부활 주일 새벽 예배를 시작으로 무료로 문을 여는 이곳은, 추수 감사절과 성탄절을 제외하고 연중 개방된다. 입구에 늘어서 있는 텐트에서는 각 그룹 회원들이 물을 마시며 쉬고 있다.

그룹별로 리더의 구호에 따라 다양한 운동 기구로 체력을 단련한다. 삶의 질을 향상시키고자 노력하는 저들이 세상에 나가 좋은 영향력을 끼치는 한, 미국의 미래는 대단히 희망적이라는 생각이 들었다.

긴 좌석을 뛰어오르는 사람들 사이에, Crotch에 의지하여 한 다리로 오르내리는 사람이 보였다. 아름다운 인생, 주님께서 주신 생명의 소중함을 보여주는 그녀의 당당한 모습 속에서 삶의 위대함을 느꼈다.

Life is worth Living….

COVID-19 중에 맞이한 남편의 고희古稀.

고희란 70세를 뜻하는 말로 詩聖 두보의 시 〈曲江〉에 나오는 '인생칠십고래희人生七十古來稀'의 준말이다. 예로부터 사람이 칠십까지 사는 경우가 드물다는 뜻으로, 인생의 한평생이 짧은 것을 한탄하였다.

각지를 방랑하던 두보는 안녹산의 난을 피하여 새로 즉위한 숙종에게 가려다, 반군에게 붙잡혀 9개월 동안 갇혔다가 탈출한다. 그 공으로 장안으로 환도한 숙종의 신하가 되어, 아침 조회를 마친 후 곡강 宮苑에서 〈곡강〉을 지었다.

朝回日日典春衣　조회를 마치고 돌아오는 날이면 봄옷을 저당 잡혀
조회일일전춘의

每日江頭盡醉歸　날마다 곡강 머리에서 흠뻑 취하여 돌아온다.
매일강두진취귀

酒債尋常行處有　술집 빚은 가는 곳마다 있기 마련이지만,
주채심상항처유

人生七十古來稀　칠십 해 인생은 예로부터 드문 일이네
인생칠십고래희

穿花蛺蝶深深見　꽃 사이를 맴도는 호랑나비는 보일듯 말듯하고,
천화협접심심견

點水蜻蜓款款飛　강물 위를 적시는 잠자리는 유유히 나는구나
점수청정관관비

傳語風光共流轉　전해 오는 말에 바람과 햇빛은 끊임없이 변한다하니,
전어풍광공류전

暫時相賞莫相違　잠시 서로 즐기며 헤어지지 말자꾸나
잠시상상막상위

60대는 땀방울로 뿌린 씨앗을 풍성하게 거두는 황금기로, 황혼을 준비하는 인생의 가을 문턱이다. 후회 없는 70대를 위하여 두 다리가 떨리기 전, 설렘과 심장의 떨림으로 길을 나선다. 언젠가 한 사람이 먼저 하늘나라에 갔을 때, 남은 사람이 외로움을 달랠 수 있도록 기록을 만든다.

이렇게 머리말을 써놓고 여행을 시작한 지 10년이 지났다. 코비드-19 사태에도 건강하게 아침을 맞게 해 주신 은혜에 감사하며, 『수상한 세계여행 3』의 완성도를 높이기 위해 오늘 또 하루를 연다.

남편 생일 축하팀 5명이 차를 타고 나타나, 고깔모자를 쓰고 생일 축하 노래를 부른다. 딸아이가 출간기념 케이크를 가져왔으나, 함께 먹을 수 없어 반으로 자르고 Rice Crispy로 만든 책도 한 권씩 나누었다.

몇 달 동안 움직이지 않은 차 배터리가 완전 방전되어, 아들이 생일선물로 교체해주었다. 남편은 기분이 좋으면서도, 점점 아이들한테 의지하는 처지가 그렇게 반갑기만 한 것은 아닌 것 같아 보였다.

남편은 지난 70년을 이렇게 회고한다.

세계여행가 김찬삼 씨의 여행기를 읽고, 세계여행의 꿈을 품게 된 본인 자신에게 감사한다. 집안 형편상 가정교사로 대학을 졸업하였지만, 그로 인해 18살 여고생을 만나 강한 자아가 형성되기 전에 취미가 같은 아내를 만들어 갈 수 있었음에 감사한다.

그때 가르치던 책으로 통역장교 시험에 합격하였으나, 아빠 찬스가 없어 "인제 가면 언제 오나 원통해서 못 살겠네" 하며, 신병들이 가기 싫어했던 오지에서 개구리와 붕어처럼 살았다. 그러나 군사재판 국선 변호인, 사령관 훈시 대필 등의 업무를 하다가, 전역 후 첫 직장의 미국 지사에 근무하게 되어, 세계여행에 필요한 눈과 귀를 갖게 되었다.

사업자금 마련이 여의치 않아 작은 가게로 이민 생활을 시작하였지만, 쉬는 시간이 많아 책을 자주 접할 수 있었다. 교회 창립 기념집 발행을 맡은 축복으로, 우리의 책을 만드는 동기를 얻었다. 별 수입도 없이 세월만 낭비하던 가게에 불이 나 은퇴하였으나, 지혜를 주셔서 백수의 처지에도 기적처럼 세계여행을 계속할 수 있었다.

10년 동안 여행길에 동행해 주시고, 건강 주셔서 후반 5년의 폭풍 여행을 무사히 마쳤다. 세계적인 재난으로 여행이 중지되자, 여행기 집필에 집중할 수 있게 되었다. 병원 입원이 어려워지기 직전에 급성 맹장 수술을 무사히 받게 되어 감사할 뿐이다.

스티브 잡스는 병상에서 마지막 말을 남겼다.

"나는 사업의 세계에서 성공의 정점에 이르렀다. 남들이 보기에 내 삶은 전형적인 성공의 본보기였지만, 일 빼놓고는 즐거움이 별로 없었다. 결국 재산이란 내가 익숙해진 삶의 한 단편이었을 뿐이었다. 병상에 누워 삶 전체를 회고해보면, 그처럼 자부했던 명성과 재산은 곧 닥쳐올 죽음 앞에 빛이 바래고 아무 의미가 없음을 실감한다.

이제야 나는 깨달았다. 삶을 유지할 만큼 적당한 재물을 쌓은 후엔 부와 무관한 것들을 추구해야 한다는 것을… 더 중요한 그 무엇이어야 한다. 어쩌면 이런저런 인간관계, 아니면 예술 또는 젊었던 시절에 가졌던 꿈… 쉬지 않고 재물만 추구하는 것은 결국 나같이 뒤틀린 인간으로 변하게 만들 것이다. 신은 우리에게 재물이 가져다주는 그 환상이 아니라, 각자의 가슴 안에 있는 사랑을 느낄 수 있는 감각을 주셨다.

내 일생 동안 성취해 놓은 부를 나는 가져갈 수 없다. 내가 가져갈 수 있는 것은 사랑에 빠졌던 기억들뿐이다. 그 기억들이야말로 살아갈 힘과 빛을 주는 진정한 '부'이다. 사랑은 1,000마일도 갈 수 있으며, 삶에는 한계가 없다. 가고 싶은 곳을 가라. 오르고 싶은 곳으로 올라가라. 모든 것은 마음과 손 안에 있다.

운전해 줄 사람이나 돈을 벌어 줄 사람을 채용할 수 있지만, 대신 아파 줄 사람을 구할 수는 없다. 잃어버린 물건은 다시 찾을 수 있으나, 잃은 후에 절대로 되찾을 수 없는 것은 '삶'이다. 지금 삶의 어느 순간에 있던, 결국 시간이 지나면 우리는 장막의 커튼이 내려오는 날을 맞이하게 될 것이다. 가족을 위한 사랑을 귀하게 여겨라. 배우자를 사랑하라. 친구들을 사랑하라. 자신에게 잘 대하라. 남들을 소중히 여겨라."

S Park

박 장로님, 김 권사님, 『수상한 세계여행』 잘 읽었습니다. 두 분 정말 수고 많으셨어요. 평소 여행을 좋아하시는 두 분의 관광 기행문이려니 했는데, 상상하지도 못했던 대단한 감동을 받았습니다. 관광이 아닌 탐험의 북극여행이었고 유럽의 여러 나라를 다니시며 겪으시는 상황을 설명하는데 어찌 그리 멋이 있으신지요. 각국의 정치, 문화, 예술, 역사 등 여러 면에 걸쳐 무척 박식하셔서 많은 것을 배웠고 그 표현이 간결하면서도 소박하였습니다. 중고등학교 시절에 공부했던 지리, 세계사, 미술사 등등과 연결되는 내용이 나올 때에는 무릎을 치며 학생 시절을 회상하였답니다.

자세히 기록을 남기려면 남다른 긴장과 신경도, 용기와 경비도 많이 필요할 텐데, 제2권의 181쪽 Hot Air Balloon Ride 부분에서는 나도 함께 함성을 질렀습니다. 440불의 그 투어 경비는 우리 부부가 부담하겠습니다. 많은 시간과 물질을 들이며 책 발간에 애쓰시는 두 분의 노력에 감사 드리며, 많은 분들에게 귀감이 되는 귀한 작품들이 되기를 간절이 소망합니다.

Soon Hyang Kim

여행왕이신 두 분, 늘 여행 꿈으로 사는 저의 롤모델이십니다. 거듭 감사드립니다. 너무나 소중한 여행기를 옆에 두고 읽게 해주셔서요. 특히, 전에 남미 오지 어딘가를 가신다며 함께 갈 여행자를 블로그에 올리셨을 때 너무나 좋은 기회였는데… 너무나 아쉬운 기억이 납니다.

패트릭 & 정미

세계 구석구석 여행하시며, 결실로 만들어진 멋진 책… 첫판보다도 예쁘고 사진도 화려합니다, 나이는 숫자에 불과함. 칠순 되신 것 조그만 선물에 담아 진심으로 축하드립니다.

토마토*향기 BusinessCoach

애마에 영광의 상처를 내가며 멋진 여행 계속하시고 계시네요. 원유 파이프 라인이 실감납니다. 이민 초기 알래스카로 깡통 음식 싸들고 저 공사 현장에 돈 벌러 가자던 시절이 있었습니다. 북극의 오로라도 보시고 이야기보따리가 가득하군요.

모닝커피 soymilk77

90일 여행을 자동차로 떠나신다고 하시니, 이렇게 컴퓨터 앞에 앉아 있는 저까지 가슴이 쿵쿵 뛰네요. 3개월간 집을 떠나서 단둘이 자동차로 떠나는 여행… 두 분이 가뜩이나 찰떡 짝꿍이신데 더욱 끈끈한 찰떡 짝꿍이 되어서 돌아오실 것 같다는 상상을 해봅니다. 정말 멋지세요. 더 이상 이 표현 말고는 다른 표현방법이 없음이 아쉬울 만큼요.

숲과 은혜 Grace321

와우!!! 대단하십니다. 광범위하면서 골고루 여행을 하셨군요. 그리고 제가 사는 LA도 다녀가셨다니 왠지 친구가 연락 안 하고 그냥 간 것처럼 막 섭섭한 생각이 드네요. ㅋㅋ 이렇게 즐기실 수 있는 모든 조건을 받은 님은, 정말 전생에 나라를 구하셨나봐요.

Allen & Mia

항상 두 분을 생각하면 기분이 좋아집니다. 주위 친지들 말을 빌리면, 60이 넘으면 매해가 다르다고 하대요. 두 분은 정말 대단하십니다. 여행 스케줄만이 아니고 건강관리도 잘하십니다. 늘 건강하시고 행복하세요. 그리스도 안에서…

이윤랑

가깝게 살면 출판기념에 함께 했으면 좋으련만, 작은 성의로 대신합니다. 계획하시는 일 모두 잘되시기를 기원합니다. 항상 건강하시고 두 분의 행복을 위해 기도합니다. 사랑합니다.

산사람

10월쯤에 옐로나이프에 가볼 계획으로 지금 막 준비의 첫걸음을 떼는 순간인데 이렇게 근사한 旅行記와 만나게 되니 무척 기쁩니다. 상세한 tip이 풍부한데다가 뛰어난 감성이 넘치는 名文에 감사와 감탄을 바칩니다. 저는 유럽을 한 달 정도 자동차로 여행한 적이 있는 76세의 청년인데 이번에 친구 부부랑 넷이서 단풍, 오로라를 구경하고 가능하면 로키 트레킹도 조금 맛볼 생각입니다. 님들의 블로그가 저희 여행에 큰 힘이 되어 주실 것 같습니다. 감사합니다.

공익환

우리가 가본 여러 군데 여행지를 책으로 읽으니 감개무량합니다. 내내 건강하십시오.

유튜버 '100세로 가는 길'의 대표 박광복

『수상한 세계여행 2』의 글과 사진 등으로 소상히 그려놓으신 발자취는 타의 추종을 불허합니다. 지역 따라 나라마다의 역사를 소개하면서 생동감을 일으키는 영상으로 비추어집니다. 나는 발 묶여 떠나지 못하는 유럽여행 계획을 이 책 한 권으로 해결코자 합니다. 여행은 눈만 즐거워서는 돈만 날립니다. 공부하면서 여행합시다. 체험으로 쓴 전문 가이드 책이 여행을 뒷받침할 때 여행의 진수를 맛보실 수 있습니다. 『수상한 세계여행』 시리즈는 온라인에서 구입할 수 있습니다.

장소현 & 김인경

보내주신 여행기 재미있게 잘 읽고 있습니다. 감사합니다. 늘 건강하시고 행복한 여행 많이 하시기를…

런던에서 조안 박

오늘 미국에서 책이 왔다. 박형식 님 본인이 쓴 책 『수상한 세계여행』. 감동의 눈물이 났다. 몇 년 동안 우리 회사 유럽여행은 물론이고 중동 이집트 요르단 이스라엘까지 우리 여행코스를 모조리 함께 갔던 분이 세계여행책을 냈다고 선물을 보내주셨다.
눈물이 핑 돌았다. 유럽여행 책자에 있는 사진들은, 같이 Waterloo Tour 회사를 이끌어가다 하늘나라로 먼저 간 내 남편이랑 함께 갔던 모든 한 장면 한 장면이 감동이고 뭉클하다. 수많은 여행책자를 많이 보았지만 함께 갔던 곳들이 책에 있으니, 이루 말할 수 없는 벅참!!! 사진들을 보자 본능적으로 난 친구에게 설명이 주르르 나온다. 사실 20년간 여행업하고 있고 직접 유럽 가이드로서 설명하는 나는, 유럽에 대한 깊이 있는 정보가 항상 갈증이었다. 이 책은 정말 깊이가 있다. 여행할 때 매일 비즈니스 센터에서 글 쓰는 모습이 눈에 선하다. 난 그때 이분들이 기자인 줄… 감동으로 물들여진 아침이다.

『수상한 세계여행』 출간을 위하여 도네이션 해 주신 김정호, 박선경, 노정섭, Patrick Park, 김훈성, 이영자, 조섭, 사봉진, 김지한, 정수일, 이상록, 장소현, Allen Lee, Paul Lee, 신일현, 김현숙, 윤명희 님 등 여러분들에게 진심으로 감사드립니다. 더 좋은 책으로 보답하겠습니다.

Badlands National Park, SD